편안한 일상

차　례

004. 문을 열며
007. 편안한 일상

　　　　1
　　　　.
　　　　.
　　　　.
　　　　39

212. 작품후기

(주요인물)

여름 - 23세, 음대 작곡과 졸업, 유학준비 중.

김빛 - 피아니스트 29세.

여솔 - 30세, 콜로라투라 소프라노, 김빛의 아내.

존 안드레오티 - 클래식 매니지먼트회사 CEO, 37세.

표정 - 조율사.

문을 열며

　국내 유명 서점들과 국공립도서관, 인터넷서점 그리고 전자책을 통해서도 독자들을 만나고 있는 장편소설 <샤갈선생2015년>, <크리스마스 목가>, <신의 나라 토마스2016년>, <잎새 시계>, <네모 행성>, <푸른 말 호박등불2017년>, <성자의 낙서>, <은화를 입에 문 물고기>, <두 번째 아담>, <공원 교향악단의 부활2018년>, <큰 뼈를 보았을 뿐>, <착한 사마리아인의 비유2019년>, <가문비나무>, <오디세우스의 종이새2020년>, <엘리제를 위한 왈츠2021년> 그리고 <Tea Lake2022년>를 사랑해주시는 독자들과 문우들의 격려에 깊은 감사를 드린다.
　열일곱 번째 장편소설 《편안한 일상》으로 소중한 독자들을 또다시 만나는 행운을 누리게 되었다.
　작가는 작품을 통해 매번 새롭게 태어난다. 거듭된 퇴고로 출간이 미루어져서 안타까웠지만 청룡이 비상하는 갑진년에 굳게 닫혔던 문을 활짝 열어젖히고 독자들을 맞이하게 되어 기쁘다.
　신작 《편안한 일상》은 '내 마음대로 행복하기'의 실험이다. 우리는 어떻게 그리고 무엇으로 늘 행복할 것인가?

한 무리의 이야기를 끝내고 나면 늘 그래왔듯 꿈도 현실도 아닌 잠에 빠져든다. 풋잠의 기적일까? 나는 어느새 낯선 곳, 새로운 지평 위에 서 있다.

시대가 만든 구조에 저항하며 그 틀을 벗어나기를 꿈꾸어본다. 한 번도 가보지 않은 새로운 길도 밟아가고 싶다. 이야기가 새로운 패러다임 위에 건축되고 그 길고 긴 그림자가 영원의 지평선을 넘기를 소망한다.

그동안 아낌없는 격려를 보내준 독자들과 가족에게 아래의 글로 감사의 악수를 나누고 싶다.

이종희 詩 <악수> 2024년.

그대의 손
바오밥나무

엠마오 길
인간과 식물의 인사

때로 풍요로운 날
슬며시 내미는 세월

사랑의 흔적
가없는 용서의 기록.

사랑하는 크리스티나, 시몬 그리고 글라라에게

2024년 부활절 즈음에 牧村과 月江 서재에서

편안한 일상

1

 사랑하는 만큼 사는 것이다. 사랑하는 동안이라면 여솔이 만나는 인간과 사물은 5월의 꽃으로 피어나지만 사랑하지 않는다면 무릇 살아있는 모든 것들도 시든 낙엽처럼 의미를 잃는다.
 여솔은 새소리에 눈을 떴다. 낯선 천정을 올려다보았다.
 '여기는 어디일까?'
 한 달 사이 오스트리아에서 영국으로, 다시 영국에서 핀란드로 시차적응도 되기 전에 여솔은 이 비행기에서 저 비행기로 옮겨 타며 쳇바퀴를 돌았다. 아직도 몽롱한 기분이었다.
 전 세계의 대도시 호텔 프레지덴셜 스위트룸이 그녀의 둥지였다.

여솔은 옅은 소독약 냄새가 배어있는 새하얀 침대시트를 벗어나 창가로 다가갔다. 커튼을 젖히자 익숙한 풍광이 눈을 한가득 채웠다.

어머니가 돌아가셨을 때에도 여솔은 북미의 도시에 있었다.

'엄마가 살아있다면 이렇게 쫓기듯 바쁘게 살아가는 딸이 마침내 성공을 거두었다며 만족하실까?'

여솔은 때때로 엄마를 원망했다.

'평범하게 사는 게 뭐 어때서?'

엄마는 여솔이 프리마돈나로 우뚝 서기를 원했다.

당신의 바램대로 여솔은 성장하여 어제 북아메리카의 오페라하우스에서 <지골레타>의 질다 역을 연기했다.

'맞아, 여긴 북미의 아름다운 도시야.' 공연차 수없이 방문한 곳이었다.

여솔은 한국의 북한산 자락의 저택에서 잠에서 깨어나는 순간 비로소 한국에 있다는 것을 의식했지만 귀가할 수 없는 보금자리는 차츰 의미를 잃어갔다.

여솔은 매니지먼트회사의 CEO, 존 안드레오티가 보낸 메시지를 읽었다. 그는 이탈리아계 미국인이었다.

'좋은 소식이에요. Clara-Sol Yeo, 당신의 소망이 이루어졌어요. 취소되었던 한국 공연 스케줄이 다시

살아났어요.'

침대 곁, 반쯤 열린 캐리어를 바라보았다. 여솔이 마음의 눈으로 바라본 그것은 분명 그녀를 향해 웃고 있었다.

최근 여솔에게 한국에 가야할 새로운 이유가 생겼다. 그것은 그녀가 오래도록 꿈꾸어온 일이었다. 모처럼 찾아온 한국방문 기회가 그녀를 더욱 설레게 했다.

"가자, 한국으로."

여솔은 크게 기지개를 켰다.

2

 여름은 북한산 자락이 손에 잡힐 듯 보이는 카페에서 여솔을 기다렸다. 그녀는 여름이 안고 있는 문제를 단번에 해결해줄 구세주였다. 아버지가 돌아가시자 여름은 당장 머물 곳을 걱정해야할 처지였다.
 "선생님 안녕하시죠?"
 얼마 전 강릉 집에 있던 여름이 여솔의 전화를 받았다.
 "돌아가셨다고요?" 여솔의 음성이 하이 톤이었다는 것을 여름은 기억한다. 까랑까랑한 그녀의 목소리는 울음으로 변했다. 잠시 후 그녀가 흐느낌을 멈추고 말했다.
 "근데 전화 받으시는 분은 누구에요?" 여솔이 물었다.

여름은 자신이 바로 세상을 떠난 아버지의 딸, 불쌍한 꼬제뜨라고 대답했다.

여름은 여솔의 연민으로 가득한 목소리에서 그녀가 당면한 문제를 해결해줄 것이라는 예감이 들었다.

"이제 독립해야지." 새엄마는 여러 번 여름에게 꾹꾹 눌러 말했다.

하지만 새엄마는 여름의 눈치를 보고나서 얼른 말을 바꾸었다.

"시집을 갈 나이가 되었잖니, 사귀는 남자들도 있었지?"

물론 남자는 많았다.

'결혼하지 않고 섹스만 원하는 남자는 많았어, 새엄마.'

"남자에게 반지를 받기 전에는 절대 '예스'라고 말해선 안 돼, 알았지." 그녀도 그동안 함께 살았던 정으로 그렇게 말했고 여름은 그녀의 말대로 했다.

'그래서 남은 게 뭐람?' 하면서도 여름은 새엄마의 염려가 고마웠다.

여름은 아버지가 돌아가시고 난 뒤에 갑자기 닥친 당면한 문제들로 머리가 복잡했다.

여름이 이런저런 생각에 잠겨있을 때 카페 안에서 작은 소란이 일어났다. 여름이 고개를 돌렸다. 카페의 출입구가 갑자기 환해진 것 같았다. 사람들이 세계적인 프리마돈나 여솔을 알아보고 수군거렸다. 여름이 두리번거리는 여솔을 향해 소심하게 반쯤 손을 들었다.

'쟨 누구야?'

사람들의 시선이 여름에게 쏠렸다.

'아는 사람인가 봐, 촌뜨기 같아 보이는데.'

여름이 이렇게 사람들의 표정을 해석하는 사이 여솔이 다가왔다. 여솔의 물빛 원피스가 북한산을 배경으로 하늘거렸다.

"여름 씨?"

"네."

여름은 여솔이 낯익었다.

여솔에 대한 추억이 아련하게 피어올랐다. 무슨 이유에선지 아버지와 새엄마 그리고 여름이 함께 사는 강릉의 집에 잠시 머물렀던 여솔은 얼마 뒤 훌쩍 유학을 떠났다.

'언니가 갔어.'

그때 여름은 그녀가 사라져버린 이유를 알 수 없었고 기억에서도 점차 멀어졌다.

여름을 발견한 여솔은 쪽쪽 소리가 나게 여름의 오른쪽과 왼쪽 볼에 번갈아가며 입을 맞추는 시늉을 했다. 여름은 엉거주춤 여솔에게 안겼다.
"근데 뭐라 불러야할지 몰라서……."
"편할 대로, 언니라고 해요."
'맞아, 그녀는 언니야.' 여솔의 뽀얀 피부가 투명해보였다.
여솔이 갑자기 사라지고 난 뒤에 여름은 우유빛깔 언니가 어디로 갔느냐며 한동안 여솔을 찾았다.
여솔에게 여름은 동생 같았다. 아니, 동생이었다. 아버지는 여솔을 낳고 좀 터울을 두고 여름을 낳았다. 그리고 다른 여자와의 사이에서 남자아이들을 여럿 낳았다.
"선생님은 원래 서울의 대학에 계시다가 강릉 소재 고등학교로 부임하셨어. 알고 있었어?" 여솔은 아직도 아버지를 선생님이라고 불렀다.
그녀의 말에 여름이 말없이 고개만 끄덕였다.
여솔이 어색한 분위기를 깼다.
"내가 먼저 말할게. 거절하면 안돼요."
여솔은 미리 종주먹을 댔다.
"사실은 여름 씨에게 부탁을 좀 하려고."
"무슨?"
"큰 집이 텅 비었어."
여름은 그 다음에 전개될 상황을 짐작했다. 여솔이

말을 이어갔다.

"내가 소유하고 있는(그녀는 살고 있다고 말하지 않았다) 주택은 대지 400평에 주택의 연면적 250평, 지하를 포함해서 4개 층 구조로 되어있어, 7대를 주차할 수 있는 주차 공간과 북한산을 한눈에 바라볼 수 있는 탁 트인 조망 그리고 실내승강기가 있어."

여솔은 마치 중개인이라도 된 것처럼 줄줄 읊었다. 여솔은 집이 너무 휑뎅그렁하게 넓어서 관리하기에 어려움이 있다는 것을 강조하려는 것이었다. 여솔은 일년 내내 집을 비워두고 해외로만 떠돌았다.

여솔이 여름의 놀란 표정을 살피고는 눈을 내리깔고서 한숨까지 훅 내쉬었다.

"맞아, 그게 흠이야. 지나치게 넓다는 거지. 그래서 말인데, 내가 해외연주일정으로 집을 비우는 동안 집을 관리해주는 조건으로 임대차계약을 맺자는 거야."

여름으로서는 망설일 이유가 없었.

여름은 의무적으로 새엄마의 그늘에서 완전히 벗어나야했다. 유학준비를 하며 당분간 머물 수 있는 안식처를 쉽게 마련한 셈이었다.

"감사하지만, 임대료는……?"

여솔은 동생의 얼굴에서 어렵지 않게 친어머니의 모습을 보았다. 어머니는 친정에서 물려받은 가업을 굴지의 기업으로 키웠다. 무슨 일이든 시작을 하면 끝을 보는 야무진 성격이었다. 여솔은 어머니의 드센 기질을 아버지가 견뎌내지 못한 거라는 생각을 늘 했다.

어머니는 자신이 낳은 두 딸 가운데 갓난아기인 여름을 남편에게 주었다(어머니는 '주었다'라고 입버릇처럼 말했다). 당신이 둘 다 차지하는 건 상도의상 맞지 않다는 것이었다. 여솔이 철이 든 후에서야 남편과의 끈을 완전히 놓고 싶지 않았던 어머니의 마음을 읽고 한동안 마음이 시큰거렸다.

여솔은 여름을 다시 한 번 찬찬히 바라보았다. 희고 볼록한 이마, 단아한 눈썹 그리고 어머니를 너무나 닮은 눈과 큰 키에 전체적으로 엽렵한 인상을 풍기는 외모였다.

'잘 자랐네. 그런데 얼굴은 왜 이렇게 귀여운 아기 같은지.'

여솔이 자신도 모르게 손을 들어 여름의 뺨을 어루만지자 여름이 목을 약간 움츠렸다.

여솔이 정신을 가다듬고 나서 말했다.

"물론 계산은 정확히 해야겠죠. 나는 정당하게 여름 씨에게 매달 5백만 원의 급료를 지불하겠어요. 여름 씨는 임차인이면서 동시에 저택의 관리인으로 제게 고용된 거예요. 집을 관리하는 용역에 대한 보수에요."

여솔은 여름의 눈치를 살폈다. 원하기만 한다면 얼마든지 더 줄 마음이었지만 공짜를 누구보다 싫어하는 어머니와 자신의 성격을 여름이 닮았으리라는 짐작 때문이았다. 여솔은 되도록 사무적으로 말하려고 했다. 그러나 의도적으로 말하는 존댓말은 무척 어색했고 편해야할 반말은 목구멍 속으로 기어들어갔다.

"상주하는 도우미 여사님이 계세요. 그리고 청소용역업체에서 2주일에 한번 방문해서 대청소를 해요."

여솔은 저택에 일하시는 분이 있다는 것을 알려주어 여름이 필요 이상의 가사노동을 하지 않아도 된다는 점도 암시했다.

"정원은 분기별로 관리해주시는 분이 계시고 조율사가 필요할 때마다 들러서 피아노 조율을 해요."

여름은 여솔의 말을 가만히 듣고 있었다. 언니의 음성이었다.

아버지는 성악가로 서울의 예술대학교에서 제자와 사랑에 빠져 지방으로 좌천된 음악선생님이었다. 염문의 당사자인 새엄마는 티내지 않고 의붓자식인 여름에게도 사랑을 주었다. 언니 여솔이 잠시 강릉에 내려와 아버지에게 의탁했을 때에도 이물없이 잘 대해주었다.

여솔이 몸을 움직이자 향수와 섞인 좋은 냄새가 여

름의 코로 스며들었다. 왠지 익숙한 체취였다.
 '이건 뭐지?' 여솔의 체취는 여름 자신의 것과 같았다.
 여름은 창밖으로 시선을 돌렸다. 석양, 북한산이 수억 겁을 살아온 노파의 주름진 손으로 자녀들을 어루만졌다. 지상의 나무와 잡풀들이 다소곳이 늙은 태양이 내미는 손길을 허락했다.
 여솔이 여름의 옆얼굴을 관찰하듯 자세히 바라보았다. 여름은 여솔이 자신을 뚫어져라 보고 있다는 것을 의식했다. 어느새 여솔이 여름의 손을 잡았다. 여름도 여솔의 손을 쥐었다. 부드러운 감촉이었다. 여름은 그것이 친언니의 손이라는 것을 알았다. 여름은 여솔이 허락할 때가지는 자매라는 사실을 서로 모르는 것으로 해야 한다고 스스로와 약속했다.
 여솔은 동생 여름의 마음을 다치게 할까봐 두려웠다. 자신만이 유복하게 살아왔다는 마음의 빚도 있었다.
 여솔은 임종 때의 어머니를 떠올렸다. 어머니는 여솔에게 두 가지를 남겼다. 어머니가 일궈놓은 기업과 여름을 잘 보살펴주라는 말이었다. 전문경영인이 운영하는 기업은 여솔이 신경 쓰지 않아도 잘 굴러갈 것이었다. 어머니가 남긴 유언을 따르기 위해서라기보다

만유인력처럼 그녀를 당기는 자석이 있었다. 그녀는 동생에게 끌렸다.

여름은 아직도 지지고 볶고 애증하며 함께 살아온 새엄마가 더 현실감 있는 친척으로 느껴졌다. 새엄마는 여름이 초경을 할 때 미리 패드를 준비해주었다. 가끔씩 새엄마 티를 내기도 했지만 대부분의 시간을 하나 뿐인 딸로 그녀를 보살펴주었다.

"넌 예쁘니까 항상 남자를 조심해야 해." 새엄마는 이렇게 늘 남자를 조심하라고 말했다. 여름은 새엄마 자신이 유부남에게 속아서 어쩔 수 없이 결혼한 것이라는 것을 강조하기 위해 그런 말을 하는 것이라고 넘겨짚었다. 새엄마는 명랑한 성격이었고 여름은 철이 들기 전까지 그녀를 친엄마로 알고 살았다.

여름은 자신과 같은 체취를 가진 여솔의 등장으로 한결 안정감을 찾았고 반쯤 비어있던 잔이 채워진 느낌이었다.

여솔은 여름과 눈이 마주칠 적마다 여름의 동의를 확인하려는 듯 스스로 고개를 끄덕였다.

'내 마음이 이런 거야, 그러니 거절하면 안 돼.' 간절한 눈길이었다.

여솔은 여름이 거절하지 않을 거라 믿었다. 누구보다 강하지만 남의 호의를 거절하지 못하는 마음은 어머니로부터의 내림이었다.

여름은 당면한 문제들이 쉽게 해결되자 안도감에 젖었다.

'입장이 바뀌었다면 나도 똑 같이, 아니 더 이상 했을 거야. 맹세할 수 있어. 아마 틀림없이 그랬을 거야. 그래도 고마워, 언니.'

여름은 생각을 입 밖으로 드러내지 않았다.

3

 사람이 살지 않고 오랫동안 비워두다시피 한 저택이었다.
 공기도 대류를 멈춘 것 같았다. 종이인형처럼 말이 없는 도우미 김미래 여사가 사물과 구별되는 유일한 인간이었지만 그녀 역시 테이블이나 다른 가구들처럼 말이 없기는 매한가지였다. 여름은 집안 구석구석을 휘저으며 다녔다. 그동안 인간의 발길이 닿지 않았던 책장 위나 다락방 구석까지 그녀의 손길이 미쳤다. 처음 얼마동안 여름은 도우미가 할 일도 마다하지 않고 자청하여 해냈다.
 가끔 조율사 표정이 소리 없이 나타나 피아노를 조율하고는 연기처럼 사라졌다. 저택에는 모두 네 대의 그랜드 피아노가 있었다.

여름이 살았던 강릉의 집에도 그랜드피아노가 거실의 대부분을 차지해서 가슴이 답답했던 기억이 아직도 고스란히 남아있다. 드넓은 저택의 그랜드피아노들은 장난감처럼 작아보였다.

뉴욕으로 떠나기 전 여솔은 친절하게 집안 곳곳을 안내해주었다. 여름은 이젤이며 화구들을 어디에 놓을지 궁리에 빠졌었다.

'피아노 옆? 그건 안 돼. 여솔이 허락하지 않을지도 몰라, 어차피 난 손님방을 쓰게 되겠지.'

"무슨 생각을 그렇게 골똘히 해요? 이리와요. 여름이 쓸 방을 보여줄 테니."

여솔이 1층과 2층의 침실과 다이닝룸 그리고 욕실 등을 보여주었다. 노후를 대비한 실내승강기는 편리함 때문에 도우미 김미래 여사가 자주 사용한다고 했다.

"여름 씨는 이집의 모든 공간을 사용할 수 있어요. 내가 사용하는 침실을 제외하곤 모두 쓸 수 있다는 뜻이야."

여솔이 잠시 생각하더니 고쳐 말했다.

"아니, 내 침실과 드레스 룸을 사용해도 좋아요."

여름이 의아한 눈으로 그 이유를 물었을 때 대답이 돌아왔다.

"사람의 온기가 닿아야 물건도 생명력을 지닌다는

뜻이야(그동안 네게 그러지 못했잖아).”

여름은 이때까지도 여솔의 의도를 짐작하기 어려웠다. 돌이켜 생각해보니 여솔을 만나고 그녀의 제안을 받아들여 이곳으로 이끌려온 일련의 과정들이 꿈만 같았다.

여름은 어릴 적에 1/4사이즈 바이올린을 장난감처럼 가지고 놀았고 지방대학 작곡과에 진학했지만 회화에도 진심이었다.

한국에서의 공연을 성공리에 마친 여솔이 여름에게 저택의 관리를 맡기고 미국으로 떠난 지도 어느 듯 한 달이 지나고 있었다. 여름이 사랑하는 피아노와 바이올린 그리고 이젤로 채워진 실내공간이 아늑하게 느껴졌다.

몰토 비바체(Molto Vivace), 아주 빠르고 생기 있게. 여솔을 만나고 입주하는 과정이 그야말로 일사천리로 이루어졌다.

뉴욕으로 돌아온 여솔은 모든 것을 다 이뤄낸 것 같았고 그 뿌듯한 마음을 무어라 표현할 길이 없었다. 동생 여름이 자신의 성안에 있다는 사실 하나만으로도 세상을 모두 가진 것 같았다.

한동안 여솔은 여름과 매일 길게 톡 대화를 했다.

"여름이 알아서 하고 청구서를 보내요."

여솔은 개인적인 이야기도 나누고 싶었지만 아직 모든 것이 어색했다. 그래서 더욱 사무적인 어투로 집의 관리에 대한 이야기만 했다.

여솔은 여름이 집을 관리하기 위해 꼭 필요한 승용차를 구입할 것을 명령했다.

"저택을 잘 관리하려면 차가 필요할 거야."

여름이 영문을 몰라 망설이자 곧바로 반응이 왔다.

"내 친구가 갈 거야, 내가 우선 여름 씨 주라고 했어. 그 친구가 결혼을 했거든. 이제 차가 필요 없게 되었어."

얼마 뒤 한국 사람이라면 그 이름만으로도 누구나 알 수 있음직한 첼리스트가 여름을 찾아왔다. 그녀는 여름을 보자 놀란 토끼 눈이 되었다.

"난 여솔이 한국에 돌아온 줄 알았어요, 어제 여솔과 통화를 했는데……. 이렇게 말하면 실례인줄 알지만, 웬 낮도깨비가 나타났나 했어요. 왜 이렇게나 내 친구 여솔과 똑 같아요?" 그녀는 몇 번 고개를 갸웃거렸고 이내 무언가를 느끼어 알았다. 첼리스트는 놀라움을 감추려는 듯 갑자기 목소리를 낮추고는 차분해졌다.

언젠가 여솔이 그녀에게 속마음을 털어놓으며 울었

던 기억이 났다. 여솔에게 동생이 있다는 것이었다.

'이 아이가 바로 그 아이야!' 첼리스트는 짐작했다. 그녀가 여름을 가볍게 안아주고는 키를 손에 쥐어주었다.

여름이 타기에는 지나치게 배기량이 큰 승용차였다.

"악기를 넉넉하게 넣고 다닐 수 있어서 그동안 편하게 탔어요." 그녀가 말했다. 검은 세단이 다가와 그녀를 태우고는 사라졌다.

여름은 그녀가 누구와 결혼을 했는지 알 것 같았다. 바로 얼마 전까지 신문과 방송에서 그녀의 결혼을 연일 떠들어댔다. 그녀의 결혼 소식에 실망하는 젊은이들이 많았다. 명성에 걸맞지 않게 소탈한 그녀는 아름답기까지 했다.

'누군들 그녀를 사랑하지 않을까? 그녀가 타던 차를 내가 가지다니!' 여름은 믿어지지 않았다.

'연주자의 길을 걸었다면 나도 그녀처럼 세계적인 연주자가 되어있을까?' 잠시 생각에 빠졌다.

'난 바이올린을 연주하는 좋은 취미를 갖게 된 거야' 스스로를 위로했다.

여름은 피아노와 회화에도 진심이었다. 이제 그녀의 주변에는 바이올린과 피아노 그리고 이젤이 있었다. 손만 뻗으면 그것들이 반갑게 인사를 했다.

여름이 좋아하는 프란츠 리스트의 <초절기교 연습곡> 중 몇 곡은 다른 곡들과 달리 제목이 없었다. 여름은 최근 자신의 주변에서 일어난 사건에 딱히 무어라 제목을 붙이기 어려웠다. 기쁘고 놀라운 일들의 연속이었다. 깊이 생각하지 않기로 했다. 그것이 무엇인지 제목을 붙이려는 순간 악마 메피스토가 갑자기 나타나 모든 것이 꿈이었다며 일순간 가로챌 것만 같았다.

「제목 없음」

여름은 무슨 일이 벌어진 것인지 잠시 동안만이라도 속을 뒤집어 흩지 않고 그냥 묻어두기로 했다. 이 달콤한 꿈에서 깨어나고 싶지 않았다. 제목이 없어도 이런 종류의 사건은 너무나 아름다웠다.

4

　저택은 우주공간에 덩그러니 매달린 상자였다. 이웃들과 교류가 없었다. 집과 집 사이를 경계 짓는 담장이 너무나 높았다.
　여름은 집에 혼자 남았다고 생각하니 덜컥 겁이 났다. 오늘따라 거실의 높은 천정이 그녀를 압도했다. <걸리버 여행기>속 거인국에 홀로 내던져진 느낌이었다. 풀 사이즈의 그랜드피아노마저 미니어처 같았다.
　"눈으로 본다, 생각으로 그리고 뇌로 본다?" 여름은 말의 유희에 빠졌다. 사실 우주도 여름의 생각에 따라 아름답게 혹은 공허하게 그때그때 다른 모양이 되어갔다. 저택은 막막하고 드넓은 시공에 걸려있는 또 하나의 우주였다. 여름은 천정을 보고 누워 눈밭에 '날개천사'를 그릴 때처럼 팔다리를 아래위로 마구 휘저었다.

"무중력? 난 우주인이야."

여름의 입가에 미소가 피어올랐다. 히히히, 하하하 그녀는 실성한 여자처럼 마음대로 웃었다. 긴장이 풀리고 조금 마음이 놓였다. 빅뱅의 핵처럼 보이는 샹들리에가 흔들렸다.

여름은 이젤을 피아노 옆에 펴 놓았다. 쿠션이 있는 동그란 나무의자와 몇 개의 화구박스, 유화용 나무팔레트, 붓을 닦을 마른수건 그리고 캔버스들을 늘어놓았다. 그러자 고즈넉했던 실내가 활기를 띠기 시작했다. 그녀가 사랑하는 것, 열정을 쏟고 그것으로 즐거움을 캐내는 것들이었다.

'원래부터 바위와 모래에게는 생명이 있어, 화구와 커튼과 가구들, 심지어 무생물까지도 생명이 있다는 말이지. 인간들이 무생물의 아우성을 듣지 못할 뿐이야.'

여름은 모든 사물들이 원자로 구성되어있고 원자핵을 이루는 양성자와 중성자 그리고 전자가 움직인다는 점에 착안했다.

'모든 움직이는 것들은 죽은 게 아니야.'

여름은 동의를 구하려는 듯 주변의 사물들 하나하나에게 눈길을 주었다.

여름은 행복에 겨워 크게 다시 한 번 기지개를 켰다.

여름에게 필요한 것은 피아노와 바이올린 그리고 화구가 있는 공간이었다. 여름이 좋아하는 것들과 시간과 공간, 그것이면 충분했다.

저택의 관리인, 여름은 그림을 그리다 지치면 피아노를 치고, 바이올린을 연주하고, 피아노 다리에 등을 기댄 채 꾸벅꾸벅 졸았다.

도우미 김미래는 좀처럼 여름에게 말을 걸지 않았다. 여름은 그토록 무표정한 인간을 일찍이 본 적이 없었다. 그녀가 거실 청소를 하며 간혹 여름에게 눈치를 준다는 것을 피부로 느꼈지만 어디까지나 여름의 생각일 뿐이었다.

살짝 열려진 문틈으로 우연히 그녀가 자위를 하는 것을 본 적이 있지만 그것이 그녀를 미워할 이유는 더더욱 아니었다. 겉보기에 입주도우미 김미래는 너무나 차갑고 정숙한 여인이었다.

저택에 입주한 후로 평온한 나날이 지속되었다. 무척 단조롭고 즐거운 생활의 연속이었다.

5

　여름은 아침 일찍 잠을 깨운 피아노 조율사를 만났다. 그는 남루하고 약간 초췌한 몰골이었지만 눈만은 형형하게 빛이 났다.
　조율사 표정은 2층과 아래층 거실에 있는 네 대의 피아노를 차례로 조율하기 시작했다. 조율을 마친 표정은 능숙하게 라흐마니노프의 피아노 협주곡 3번 3악장의 피아노 파트를 연주하기 시작했다. 여름은 그가 단지 조율이 잘 되었는지 점검하기 위해 굳이 그런 고난이도의 곡을 연주해야하는지 의아했다. 지네나 문어가 연주하면 딱 좋을 극도의 테크닉을 요하는 곡이었다. 표정은 제우스의 힘과 세밀화가 같은 정밀한 터치로 완벽하게 곡을 그려냈다.
　그가 연주를 멈추었다. 그의 손을 처음으로 자세히

보았다. 희고 긴 손가락이었다. 그가 조율작업 때 굳이 장갑을 끼는 이유를 알 것 같았다.

"음들이 허공에 떠다니는 게 보이나요? 나는 조율을 하며 그것들을 현 하나하나에 실어요. 그리고 마침내 한 개의 우주로 묶었죠." 그는 이렇게 이해하기 어려운 말을 하는 인물이었다.

'그를 자주 만날 수 있게 되어 다행이야. 그는 재미있는 조율사야.' 여름은 생각했다.

여름은 우주가 단 하나뿐일까? 혹시 별만큼이나 많은 우주가 있는 건 아닐까? 라는 의문을 가진 채 살았다.

여름은 조율사의 따스한 시선이 오히려 두려웠다. 여름은 그가 피아노의 현 하나하나를 세어서 각각의 음을 알아내듯 그녀의 머리카락 한 올까지 모두 세고 있다는 인상을 받았다.

"어떤 처지에서도 감사한 마음으로 살아가세요." 조율사가 여름에게 말했다.

여름이 평소에 자신의 처지에 불만을 가지고 있다는 것을 혹시 그가 알고 있는 것은 아닌지 의심했다.

'친어머니는 왜 나를 버린 걸까? 나를 왜 아버지와 새엄마에게 맡긴 거지? 그래서 내 인생이 얼마나 달라진 걸까?' 여름은 이런 질문들로 스스로를 괴롭혔다.

조율사가 여름에게 말했다.

"숨 쉴 수 있는 신선한 공기는 누구에게나 똑같이 주어져요. 허공에 떠다니는 소리도 마찬가지죠."

여름은 아름답다는 것이 조화롭다는 것임을 알고 있었다. 그녀는 어릴 적부터 바이올린과 피아노를 가지고 놀이를 했다.

"피타고라스 음률을 아세요? 고대 그리스의 수학자 피타고라스는 음의 높낮이는 현의 길이에 반비례하고 현의 진동수에 비례한다는 사실을 발견했어요." 조율사가 말했다.

"그는 어떻게 그런 사실을 알게 된 걸까요?" 여름이 물었다.

두 사람사이에 이런 식의 대화는 계속 이어졌다.

"자연은 소리를 만들어요. 바람소리, 빗소리 그리고 천둥소리들을요. 그 소리들은 다시 현을 통해 표현되죠. 그리고 소리들은 마침내 조화를 이루어요."

여름과 조율사의 대화는 시간이 흐르는 것도 잊은 채 계속되었다.

6

　여름이 마지막으로 강릉을 떠날 때 새어머니가 말했다.
　"널 사랑하는 마음이 본능적으로 우러나오진 않았어. 그래서 늘 미안했어."
　그녀가 여름에게 모유수유를 했는지는 알 수 없지만 아기 여름의 머리를 땋아주고 예쁜 고무줄로 묶고 머리핀도 꽂아주었다.
　여름은 그녀가 친어머니가 아니라는 것을 알고 나서는 어릴 적에도 어리광을 부리지 않았다.
　'다시 돌아올 수 없다. 그러지 않을 거야.' 여름은 강릉을 떠나며 결심했다.
　여름이 이사를 한 날부터 사람이 살지 않는 고성 같았던 저택은 여름의 바이올린과 각종 화구들로 너저분해져서 원래의 고즈넉한 질서를 잃어버렸다. 여름이라는 외계인이 나타났고 삶의 온기가 거실과 침실 그리고 주방과 냉장고에 부려졌다. 저택은 점점 활기차고 약간은 너저분한 별이 되어갔다.

한밤중에 피아노 소리가 들렸다. 여름은 유령이 나타난 줄 알았다. 거실에서 피아노를 치고 있는 남자와 마주치고는 놀란 토끼 눈이 되었다.
그는 여솔의 남편, 피아니스트, 김빛이었다.
여름이 얼떨결에 건넨 냉수를 마시고 그가 말했다.
"누군가에게 들려주기 위해 연주를 한다는 사실이 우습지 않아요?" 그는 처음 만난 여름이 누구인지, 어떤 이유로 저택에 살게 된 것인지 물어보지 않았다.
"난 피아노만 치고 싶었어요. 남들에게 과시하기위한 커리어는 별로 중요하지 않아요." 그가 말했다.
여름은 다시 그를 바라보았다.
"나는 피아노를 마음껏 칠 수 있기만 바라죠. 자유롭게." 김빛이 다시 말했다.
'처음 보는 낯선 이에게 속내를 말하는 사람은 어떤 사람일까?'
여름은 그런 종류의 사람을 이미 알고 있었다. 바로 새엄마였다. 그녀는 맺힌 곳이라고는 없는 착한 사람이었고 남에게 속기 쉬운 사람이었다(아버지는 그녀에게 미혼이라고 거짓말을 했고 그녀는 믿었다). 여름은 김빛을 경계하던 마음을 내려놓았다.

 김빛은 이름만 대면 누구나 아는 천재 피아니스트였다. 그를 바로 눈앞에서 볼 수 있다니. 그의 연주를 들을 수 있다니. 여름은 지금 벌어지는 일들이 모두 꿈만 같았다. 새벽 두시는 꿈을 꾸는 시간이기도 했다. 여름은 볼을 꼬집어보았다. 눈물이 쏙 빠질 만큼 아팠다.

 사람들은 김빛을 프란츠 리스트의 환생이라고도 했다. 지금 여름의 눈앞에 있는 그의 모습은 초라했다. 김빛에 대한 여름의 경외심은 어느새 연민으로 바뀌었다.

 여름은 김빛과 관련된 하나의 사건을 기억했다. 독일 남부지방도시의 콘서트하우스에서 <라흐마니노프의 피아노 협주곡 2번>을 연주하던 김빛은 돌연 연주를 멈추었다. 그리고 그는 무대를 떠났다. 오케스트라 지휘자는 망연자실 그가 사라지는 것을 보고 있다가 허겁지겁 연주회를 마쳤다. 협연은 그렇게 끝이 났고 그는 지금 여름의 눈앞에 있었다.

 "염려 말아요, 문제가 해결되면 나는 돌아갈 겁니다." 프란츠 리스트의 화신이 말했다.

여름은 자신의 집에 돌아온 그가 또다시 어디로 돌아간다는 것인지 의아했다.

"시골 성당 근처에 고택이 있어요. 신자분이 돌아가신 뒤 성당에서 관리하고 있죠. 마침 신부님이 나의 어릴 적 동무라서."

여름은 여전히 의문이 담긴 눈길로 그를 바라보았다.

"난 그 곳에서 피아노를 마음껏 칠 수 있어요, 자유롭게." 김빛이 말했다.

여름은 순간 그가 왜 이 저택에서는 마음 편히 피아노를 칠 수 없는 것인지 의문은 커져갔다.

'자신의 집에서 자유를 누릴 수 없는 이유가 뭘까?'

여름의 입에서 생각지도 않았던 말이 불쑥 튀어나왔다.

"이 큰 집은 나 혼자 지내기에 너무나 넓어요. 그래서 무서워요. 오늘 같은 일이 또 벌어지면 어쩌죠? 한밤중에 어떤 사람이 갑자기 나타나서 지금처럼 거실에서 피아노를 친다면 말이에요."

여름은 김빛을 자세히 보았다. 그는 겁에 질린 듯 눈동자를 이리저리 굴렸다.

여름은 그의 손을 잡아주고 싶었다. 여름은 그가 아내 여솔의 보호를 받지 못하는 불쌍한 왕관앵무새라는 것을 알아 차렸다.

그러고 보니 저택의 주인이자 임대인 여솔은 김빛에 대해서는 언급조차하지 않았다.

잠시 뒤 왕관앵무새가 마침내 부리를 움직였다.

"당신은 나의 아내를 닮았군요. 하지만 무척 다르기도 해요." 김빛이 의아하다는 눈길을 보내며 말을 이어갔다.

"나는 앞으로도 성당의 고택에 머물 겁니다. 피아노가 말썽을 일으켜서 잠시 돌아온 겁니다."

말을 남긴 뒤 김빛은 오랫동안 쓰지 않고 버려둔 그의 침실로 갔다. 김빛은 샤워도 하지 않고 옷을 입은 채 그대로 잠든 것 같았다.

7

여솔이 담담하게 말했다.
"김빛이 그렇게나 빨리 돌아올지 몰랐어요."
여솔은 여름과 톡으로 대화를 하면서도 간간히 곁에 있는 남자에게 "곧 끝나요. 조금만 기다려요. 존, 제발 좀 보채지 말라니까요."를 되풀이했다.
여름은 자신도 모르게 귀를 기울였다. 여솔의 목소리 톤이 갑자기 낮아졌다. 여름을 의식한 행동이었다. 여솔은 빠르게 영어와 이탈리아어를 섞어가며 남자에게 속삭였고 여름은 더 이상 알아들을 수가 없었다. 한두 번 헛기침으로 목소리를 가다듬은 여솔이 다시 목소리를 크게 키워 여름에게 말했다.
"남편이 공연도중에 돌연 연주를 중단하고 사라져버렸다는 기사를 읽었어요."

서늘한 바람이 여름의 가슴을 훑으며 지나갔다.
'남편의 소식을 매스컴을 통해서 알다니!'
"알았다니까요. 조금만 기다려요, 존 안드레오티, 금방 끝날 거예요." 여솔의 목소리기 휴대폰을 타고 다시 흘러나왔다. 그녀는 보채는 남자에게 더 이상 참지 못하고 목소리를 높이고 말았다.
지금 시각 미국은 밤이었다. 그녀는 존이라는 남자와 함께 밤을 보내고 있었다.
여름은 징그러운 벌레를 본 것 같은 기분이었다. 통화를 빨리 끝내고 싶었다.
이때 주방에서 달그락거리는 소리가 들렸다. 저택에 사람이 있을 때와 없을 때가 이렇게 다를까? 김빛이 저택에 나타나고부터 여름은 아주 작은 소리에도 신경이 쓰였다.
쨍그랑 접시 깨지는 소리가 들려왔다.
"알았어요. 지금 가요, 존 안드레오티. 제발 좀 보채지 말아요." 휴대전화 저편에서 여솔의 음성이 또다시 흘러나왔다.
여름은 급히 주방으로 달려갔다. 깨진 접시 날에 손이 베인 채 피를 뚝뚝 흘리는 남자, 아내가 다른 남자와 함께 밤을 보내는 줄도 모르는 남자가 여름을 물끄러미 바라보았다. 그는 아파해야하고 슬퍼해야한다, 라고 여름은 생각했다. 그래서인지 김빛은 초라하고 노여운 얼굴색을 하고 있었다.

"무슨 일이에요?" 여름이 소리쳤다.

"손가락 신체보험에 가입해 두었어요." 김빛이 말했다.

"당신이 누구인지 몰라요? 피아니스트, 리스트의 환생이라고 불리는 대단한 피아니스트죠. 그런데 이게 뭐에요? 왜 조심을 하지 않는 거예요."

여름은 소리를 질렀고 그렁그렁 눈물이 맺혔다. 김빛이 부주의한 행동을 했기 때문만은 아니었다. 여름은 여솔의 선을 넘은 애정행각이 수치스럽고 화가 났다. 여름은 마치 자신이 김빛에게 죄를 짓는 기분이었다.

"미안해요. 정말 죄송해요." 여름은 흐느끼고 있었다.

김빛이 이상하다는 눈길로 여름을 바라보았다. 여름이 앉은 채로 그녀를 올려다보는 그의 얼굴을 가슴으로 안았다. 김빛은 그녀의 어깨가 격렬하게 흔들리는 것을 느꼈다. 김빛은 자신의 부주의한 행동이 그녀에게 상처를 줄 수 있다는 사실이 신기했다.

여름이 나타나기 전 김빛은 저택에서 곰팡이 냄새가 난다거나 역겨운 바이러스에 감염된 쥐나 바퀴벌레 그리고 이름 모를 해충과 동물들이 득실거린다는 환상으로 한시바삐 저택을 벗어나려고만 했다.
 여름은 혼자 외롭게 살아가던 왕관앵무의 새장에 나다난 이색적이며 전위적인 무늬의 철새였다.

8

여름은 피아노와 의자, 인간이 하나로 결합된 조각상을 기억했다. 어릴 적 아버지가 여름에게 선물한 그 청동 조각상은 오래도록 아기 여름의 시선을 사로잡았다.

'김빛도 피아노 의자에 단단히 용접된 청동인간일까?'

여름은 김빛의 쉼 없는 질주를 멈추게 하고 싶었고 어느 날 용기를 내어 김빛에게 말했다.

"목수가 10년 동안 쉬지 않고 못을 박는 일만 계속한다고 해봐요. 그는 눈을 감고도 빨리 못을 박을 수 있게 숙달이 되겠죠(그러다가 건강을 해치겠어요)."

김빛이 잠시 연주를 멈추고 멍 때리는 얼굴을 하고 있을 때였다. 시선은 한곳에 머물렀지만 아무 것도 보고 있지 않았다.

"그래서 목수는 무엇을 얻게 되죠, 대목수이라는 명성일까요? 목적을 달성하기도 전에 오히려 인간이 메말라버리는 것이 바람직할까? 라는 거예요."

김빛은 생각으로 가득차서 여름을 비롯하여 주위의 모든 사물들에 아무런 관심도 두지 않았다. 여름은 김빛의 주변인에 대한 이런 무심한 태도가 아내 여솔을 등한시하는 태도로 이어져 결국 두 사람 사이가 멀어진 것이라 짐작했다. 그는 여솔과 결혼하기보다 피아노와 결혼하는 게 나았을 거라는 생각이 들만큼 종일 피아노에만 열중할 뿐이었다.

방금 그가 연주한 곡명은 베토벤 피아노 소나타 제17번 <템페스트>였다. 여름은 그 연주에서 한 가지 전체를 꿰뚫는 이미지를 보았다. 바로 화해와 그에 앞선 용서의 이미지였다. 김빛이 존 안드레오티라는 사람과 사랑에 빠진 여솔을 용서하기를 바라는 여름의 마음이 반영되었기 때문이었을까?

여름은 여솔과 통화를 할 때 우연히 여솔과 존의 대화가 휴대폰을 통해 흘러나왔다.

여름은 이젤 앞에 앉았다. 미완의 초상화를 마무리할 때가 다가오고 있었다. 반쯤 그린 생모의 초상이었다. 저택에 오기 전에도 여름은 엄마의 초상화를 그린 적이 있었다. 어릴 적 여름이 그린 어머니의 초상화는 (그때까지 여름이 어머니의 얼굴을 본적이 없어서) 또한 추상화이기도 했다. 마음속으로 그려본 어머니는 여름 자신을 닮은 모습이었다. 여름은 아버지를 전혀 닮지 않았다. 새엄마가 낳은 아이들은 아버지를 쏙 빼닮은 얼굴이었다. 그래서 여름은 생각했다.

'난 엄마를 닮았어.'

여름은 엄마가 천사이거나 그보다 더 거룩한 사람일 거라고 상상했다. 여름은 '엄마는 천사여서, 그래서 나를 만날 수 없는 거야'라고 위안했다.

여름이 저택에 온지 얼마 지나지 않아서 엄마를 만났다. 사진 속 엄마는 젊었다. 그녀는 여솔을 곁에 앉히고 또 한 아기는 품에 안고 있었다. 그 아기가 바로 여름 자신이라는 것을 알았다. 잠시 시간이 멈추는 것 같았고 한동안 귀에서 위이잉 소리가 들렸다.

"김빛 당신은 여솔을, 난 엄마를 용서하기로 할까요?" 여름이 말했지만 너무 작은 목소리여서 김빛에게 들리지 않았다.

'자신이 낳은 아기를 버리다니.' 여름은 생물학적인 엄마를 얼마동안 이해할 수 없었다.

'하지만 무슨 사정이 있었을 거야.' 이때 여름은 자신이 용서하는데 천부적인 소질을 타고 났다고 생각했다. 그리고 사진으로 엄마를 처음 만났을 때 자신의 생각이 옳았다고 굳게 믿게 되었다. 이렇게 아름다운 여성이 나쁜 사람일 수는 없다는 생각이었다.

김빛의 피아노 연주는 다시 폭풍의 전야를 지나 조용하고 느린 정서의 바다를 조용하게 미끄러지고 나서 숨 가쁘게 결말을 향해 내달리고 있었다.

김빛이 연주를 마쳤을 때 여름이 동시에 붓을 놓았다. 그리고 그에게 다가가 등 뒤에서 그를 안았다.

"우나 코다(Una Corda), 소프트페달을 밟아서 우리 함께 인생의 분위기를 바꾸기로 해요."

여름은 어머니를 더 이상 원망하지 않기로 했지만 앙금이 완전히 사라진 건 아니었다.

김빛이 여름의 숨결을 느끼고 그녀를 보았다.

"모두 합친 우리의 감정이 두 개나 세 개의 현이라면, 너무나 많아서 괴롭다면 말이에요, 그걸 이제부터 한 개의 현으로 줄여보는 건 어때요? 그러면 슬픔도 그 울림도 조금은 줄어들겠죠? 원망이나 증오 같은 것도 하나 둘 사라질 거예요."

김빛은 그녀의 눈동자 속에 있는 자신의 얼굴을 바라보았다. 김빛은 여름이 아내를 닮았다는 사실에 다시금 놀랐다. 같은 얼굴, 다른 사람. 김빛은 여름의 눈이 투명한 호수 같다고 생각했다.

김빛은 아내 여솔과 존 안드레오티의 밀회 사실을 이미 알고 있었다. 그가 저택에서 자유를 누릴 수 없는 이유였다.

9

　김빛이 다시 성당 부속의 고택으로 돌아간다고 했을 때 여름은 그를 붙들어야할지 그냥 떠나도록 내버려 두어야할지 잠시 망설였다.
　"성가대 반주도 하고 재미있는 일이 많아요. 그리고 또 하나 좋은 점이라면……, 사람들은 내가 누군지 몰라요. 알려고도 하지 않죠."
　"남을 속이는 건 옳지 않아요." 여름은 그를 말리고 싶었다.
　"난 거짓말을 하지 않았어요."
　"그곳 사람들은 김빛을 좋은 사람이라고 생각했을 거예요."
　"내가 나쁜 사람은 아니죠."
　"하지만 자신이 누군지 말하지는 않았어요. 선량한

사람들을 속인 거예요, 앞으로 점점 더 많은 거짓말을 하게 될 지도 몰라요."

"실망할까요?"

"당근 그렇죠. 굳이 고택에 가겠다면 말리진 않겠어요. 가기 전에 셔츠나 새 것으로 갈아입어요." 이렇게 말하며 여름은 안심했다. 그가 고택으로 돌아가더라도 이내 돌아올 것이라는 믿음은 어디에서 온 걸까?

여름은 언젠가 텔레비전 화면으로 보았던 김빛을 아직도 또렷이 기억했다. 오케스트라와 협주를 하는 그는 이름처럼 빛이 났다.

여름의 말에 김빛은 순순히 옷을 갈아입고 거실로 내려왔다. 여름은 조금 당황스러웠다. 덥수룩했던 수염을 말끔히 밀고 길었던 머리를 묶어버린 그는 앳된 아이 같은 얼굴이었다.

김빛은 여름의 보호본능을 자극했다. 어린 아이를 물가에 내놓는 것만 같은 기분이었다. 저택에 머무는 요 며칠 동안에도 그는 간혹 넘어지기도 하고 먼 산을 보다가 선반에 머리를 부딪치고 계단에서 발을 헛디뎠다.

김빛도 성당 부속 고택의 낡은 피아노에 늘 아쉬움을 느꼈다. 김빛은 지금 고택으로 가더라도 이내 여름이 있는 저택으로 다시 돌아오게 될 것만 같은 예감에 사로잡혔다. 그 예감의 원인이 바로 여름 때문이라는 사실을 아직도 그는 알지 못했다. 최근 저택에 여름이 나타난 것 밖에는 그가 살고 있는 우주에 달라진 것이란 아무것도 없었다. 지구 행성은 오래된 버릇으로 태양의 주위를 돌았고 하루에 한번 자전을 했다. 어느 날 그곳에 여름이라는 외계인이 나타났다. 그녀는 그동안 김빛의 마음이 혼자 살아가던 행성의 북반구에서 남반구로 그리고 적도를 따라 천천히 산책을 시작했다. 그런 그녀의 사소한 행동 하나하나가 김빛의 주의를 끌었다.

얼마 전부터 김빛에게 공황장애가 찾아왔다. 그는 오케스트라와 협연 도중에 머릿속이 하애지며 악보를 완전히 잊어버린 적도 있었고 직접 운전도 할 수 없게 되었다. 속도계가 시속 40킬로미터만 넘으면 차가 전복될 것 같은 극심한 공포심으로 식은땀을 흘렸다. 아내의 밀회를 알고 난 후부터 그에게 찾아온 증상들이었다. 오늘도 그는 직접 운전하지 않고 택시를 이용하기로 했다.

김빛은 고택으로 가기 위해 현관을 나서며 몇 번이나 뒤를 돌아보고 또 돌아보았다. 여름이 손을 흔드는 모습이 차츰 멀어졌다.

10

김빛은 성당 고택으로 향하는 택시 안에서 조율사 표정과 통화를 했다.

"부탁을 좀 드려도 될까요?"

표정은 오케스트라와 협주할 그랜드피아노를 조율하다가 김빛의 톡을 받았다.

"내가 임시로 머물고 있는 고택에 그랜드 피아노가 있어요. 해머에 이상이 생겼어요. 그리고 댐퍼도 손을 봐야할 것 같아요. 좀 먼 거리라서……, 죄송해요."

"언제든 좋아요, 나는 언제나 그리고 어디에나 있어요." 표정은 흔쾌히 승낙했다.

돌이켜 생각해보면, 그는 언제나, 어디에나 있었고 여름을 비롯한 인간들의 사소한 요구도 잘 들어주었다. 그는 바람처럼 나타났고 일을 마친 뒤 연기처럼 사라졌다. 도우미 김미래의 딸이 결혼을 할 때 혼주가 되어주기도 했다.

"오늘밤 늦게 출발할 수 있어요. 새벽에 그곳에 도착해서 조율을 하고 곧바로 서울로 올라오면 됩니다."

김빛이 서울을 떠나 승용차로 한참을 달려 고택가까이 왔을 때는 해가 이미 서산에 뉘엿뉘엿 넘어가고 있었다. 김 가브리엘 신부가 마중을 나왔다. 그는 김빛이 돌아온다는 소식에 고택의 불을 밝혀두고 김빛을 맞이했다.

고택은 토박이 신자분이 돌아가시면서 성당에 기부한 것이었다. 고택은 아직도 지을 당시의 위엄을 고스란히 지니고 있었다. 행랑채를 지나서 협문을 거치면 사랑채가 나왔다. 연못이 있고 대청마루에서 너른 마당을 바라볼 수 있다. 그 옛날 안주인이 기거하던 안채는 사용하지 않고 간혹 먼지를 쓸고 청소를 하며 보존했다.

피아노는 사랑채에 있었다. 피아노가 어떤 경로를 거쳐서 그곳에 있게 되었는지 알 수 없지만 김빛이라는 새 주인을 만나 부활했다.

"잘 다녀왔어? 어딜 가면 간다고 얘길 해야 걱정을 하지 않지."

고마운 친구였다. 어릴 적 이웃에 살았던 그는 김빛

의 뒤뜰 감나무에 감을 따러 올라갔다가 가지가 부러지는 바람에 추락하며 대나무 장대에 걸려 인중이 찢어졌다. 그때의 생채기가 아직도 신부의 인중에 가로세로 막대기 모양으로 남아있어 웃거나 말을 할 때마다 그때그때 다른 모양의 십자가가 되었다.

신부는 방황하던 한 마리 양이 다시 집으로 돌아온 것을 확인하고는 기쁜 마음으로 사제관으로 돌아갔다.

그날 밤 두시 경에 마당이 훤하게 밝아졌고 약속대로 표정이 고택에 나타났다. 김빛의 안내를 받아 마루에 올라선 표정이 조율가방을 바닥에 내려놓으며 말했다.

"피아노는 어디에 있죠?"

김빛은 검지로 사랑채 안쪽을 가리켰다.

표정은 건반을 눌러보다가 쇼팽발라드와 다른 몇 곡을 빠르게 연주했다. 뒤이어 표정은 조율공구박스를 열었고 그로부터 얼마간 시간이 흘렀다. 표정이 피아노를 만진 뒤에 현을 때리는 액션감도 좋아졌고 톤도 이상적이었다.

김빛이 감사 표시를 하려고 했을 때 표정은 이미 대청마루 아래로 내려서고 있었다. 그는 휘적휘적 걸어 어둠속으로 사라졌다. 되짚어 가는 길이라서 그런지 표정은 플래시도 밝히지 않았고 순식간에 김빛의 시야에서 사라졌다.

어슴푸레 날이 밝아오기 시작했다. 그러고 보니 표정에게 조율에 대한 아무런 사례도 하지 않았다.

김빛은 조율을 마친 뒤에 표정이 연주했던 곡이 <초절기교 에튀드 6번, 환영(Vision)>이었다는 데 생각이 미쳤다.

김빛은 초절기교 연습곡 전곡을 연주하기 시작했다. 피아노는 그의 숨결과 의도를 온전히 받아주었다. 피아노의 선율에 잠시 꿈에 빠져들었던 새벽 공기가 자지러지듯 다시 깨어났다.

이미 가버린 줄로만 알았던 표정이 해와 어둠의 경계에서 김빛이 연주하는 모습을 바라보고 있었다.

11

저택은 달이나 화성처럼 너무나 한적했다. 도우미 김미래와 조율사 표정만이 드문드문 발자국을 남겼다.
김빛이 도깨비처럼 저택에 나타났다가 성당 고택으로 가버린 후로 그랜드피아노들은 다시 여름의 친구가 되었다. 피아노 주위로 그림을 그릴 때 사용하는 화구들이 흩어져있었다. 이젤과 피아노는 거실의 가장 아늑한 공간을 차지했다. 바닥에 있던 바이올린 케이스가 열린 채로 조율사 표정의 시선을 끈 모양이었다.
"현을 갈아줄 때가 된 것 같은데요. 바이올린 브리지도 소리에 영향을 주죠."
표정은 바이올린을 꺼내들고 이리저리 살펴보았다.
"계절마다 브리지를 따로 마련하는 것도 나쁘진 않아요. 마침 적당한 바이올린 브리지가 있어요."

브리지를 만드는 일은 섬세한 손길이 필요한 작업이었다. 표정은 여름을 위해 브리지를 미리 준비해온 것 같았다.

"표정은 못하는 게 없군요."라며 여름이 감탄했다.

브리지를 교체한 다음 표정은 도우미 김미래와도 잠시 대화를 나누었다. 표정이 소파에 앉고 김미래가 거실바닥에 무릎을 꿇은 채 그를 바라보고 있어서 마치 고해성사를 하는 것 같은 광경이었다. 이전에도 여름은 김미래가 신세를 한탄하며 흐느끼고 표정이 그녀를 다독이는 모습을 여러 번 목격했다. 조율사 표정은 너무나 입이 무거웠다. 김미래 씨가 그에게 무슨 호소를 했는지 다른 식구들은 알 수가 없었다.

잠시 뒤 조율사 표정이 현관문을 열고 나가는 소리가 들렸다.

저택의 임차인이자 관리인, 여름은 거실바닥에 누운 채 두 다리를 모아서 하늘을 향해 쳐들고 팔을 머리 위로 쭉 뻗었다. 먼지 몇 개가 햇살에 은실처럼 반짝였다. 텅 빈 공간이 주는 허허로움과 함께 외로움이 밀려왔다.

'왜일까?'

이유도 모르게 눈물이 났다.

'김빛과 함께 살아간다면, 만일 그를 사랑한다면?'

김빛이 떠날 때 쓸쓸해보이던 그의 등이 눈에 아른거렸다. 여름은 샤워를 했다. 김빛에 대한 그리움이나 아쉬움을 씻어버리려는 마음을 스스로도 알아차리지 못했다. 냉수 샤워로 팔에 오돌토돌한 소름이 돋아났다. 차가운 물이 닿은 모공마다 돌기가 생겨난 중에도 그녀의 유두는 발기되어있었다.

여름은 간혹 여솔과도 톡으로 연락을 주고받았지만 여솔은 남편 김빛의 안부를 묻지 않았다.

김빛은 저택이라는 새장에서 살아가는 고결한 새, 왕관앵무였다. 그는 새장을 벗어나 성당부속 고택으로 갔다. 여름은 김빛이 저택에 마음을 붙이지 못하는 이유를 어렴풋이나마 알 것 같았다.

12

 폭포처럼 햇살이 잔디의 줄기와 이파리에 쏟아지는 아침이었다. 여름은 파라솔 그늘에 앉아 턱을 괜 채로 궁리에 빠졌다. 유학을 가겠다는 꿈은 이미 사라져버렸다. 결정적으로 그녀의 발걸음을 잡은 것은 김빛의 출현이었다. 여름은 무척 뜨거운 커피를 입안에 넣고 이리저리 굴렸다. 괜스레 허공에 대고 눈을 흘겼고 머그잔을 유리테이블에 탁 소리 나게 놓은 뒤 아무 죄 없는 잔디를 꾹꾹 밟으며 정원을 걸었다. 폭신한 기운이 느껴졌다. 구두를 신은 채 걷고 나면 발목이 아팠다. 여름은 구두를 벗었다.
 김빛이 도깨비처럼 갑자기 나타났다가 사라진 후에 텅 빈 것 같은 기분을 지울 수가 없었다. 여름은 김빛을 기다렸지만 그에게서는 아무런 소식이 없었다.

조율사 표정이라도 다시 나타나기를 바랐다. 표정은 무엇이든 조율하며 여름의 어려움을 해결해줄 믿음직한 존재였다.

"난 창조된 모든 것에 관심이 있어요. 언제나 책임감을 느끼죠." 표정이 남긴 말이었다.

"그래요, 좋아요. 당신의 말을 그대로 믿기로 해요. 그런데 당신이 조율한 세상에 왜 사랑하는 사람을 그리워하고 마음을 졸이는 일 따위가 있죠? 그냥 편안하게 살아갈 수는 없나요?" 여름이 물었다.

"설렘이나 아픔이 없다면 세상은 너무나 따분할지도 몰라요."라고 조율사 표정이 말한 적이 있었다.

여름은 이런 식의 대화에 짜증이 났다. 위기를 모면하기위한 조율사의 변명일 뿐이라고 생각했다.

"조율이 잘못된 거예요."

여름이 벌컥 화를 내며 단호하게 말했다.

그런 여름의 태도에도 그는 아무런 반박도 하지 않았다. 그는 늘 이런 식이었다. 그의 무반응이 때로 사람을 지치게 만들고 오해에 빠뜨렸다.

여름은 그가 아무 변명도 하지 못하도록 따져 물어야겠다고 다짐했다. 그는 한동안 나타나지 않았다.

조율사가 나타나지 않는 동안 여름은 김빛을 사랑하는 것이 과연 바람직한지 스스로를 돌아보았고 그 잠시의 생각만으로도 요즈음 그녀가 마음의 갈피를 잡지 못하는 것이 결코 조율사 탓이 아니라는 결론에 이르게 되었다.

"조율사는 아무 짓도 하지 않았어." 여름이 혼자 말했다.

그녀의 말대로 조율사는 조율을 할뿐 피아노를 연주하는 것은 오로지 여름의 몫이었다.

13

　메트로폴리탄 오페라극장 무대 위에서 한줌 에너지까지 남김없이 소진한 여솔은 호텔로 돌아와 분장을 대충 지우고는 그대로 넋 놓은 채 몇 시간째 침대에 걸터앉아있었다.
　여솔이 존 안드레오티와 통화한 시간은 새벽1시였다.
　"어쩔 수 없어요. 늘 그래요. 공연이 끝난 뒤에는 허전하죠."
　잠시 후 존 안드레오티는 여솔이 묵고 있는 호텔로비에 들어서고 있었다.
　존은 여솔도 그동안 그가 만났던 여자와 별반 다를게 없다고 여겨왔다. 최근 그런 그를 괴롭히는 한 가지 의문이 생겼다. 그녀를 정말 사랑하는 건지도 모른다는, 그로서는 무척 어색한 감정이었다. 존 안드레오티는 여러 명의 여자들에게 부양비를 보내야만했다. 여자들과의 동거 기간은 그다지 길지 않았지만 여자들은 존의 아이를 낳았다.

'내가 만약 가난한 인간이었다면 어땠을까?' 이런 스스로의 물음에 대한 해답을 안드레오티는 이미 체득했다. 존 안드레오티는 여자로부터 버림을 받은 경험이 있었다. 처음 시작한 사업이었다. 실패를 거듭하자 가난과 불행이 어깨동무를 하고 찾아왔다. 그 여자는 속담처럼 가난이 현관문으로 들어오자 창문을 넘어 재빨리 도망치고 말았다. 존 안드레오티는 창문으로 불어 들어오는 북극 바람을 심장으로 막았다. 그러자 심장이 석고처럼 딱딱하게 굳었다. 시련을 딛고 일어선 그는 이제 성공한 CEO였다.

여솔은 지난 몇 년간 존 안드레오티가 운영하는 회사가 기획한 오페라의 프리마돈나였다. 곧 다가올 여솔과의 재계약을 위해서 그녀에게 클래식 매니지먼트 회사를 운영하는 자신이 오직 경영의 알파이자 오메가인 돈보다도 진정으로 예술을 사랑하며 어쩔 수 없이 그녀에게 매료되어 치명적인 사랑에 빠지고 말았다는 인상을 심어줄 필요도 있었다. 사실 존도 자신이 여솔을 사업적인 파트너로만 보는지, 혹은 너무나 예외적

이게도 진정으로 사랑하는지 분명히 알지 못했다. 얼마 전 그녀의 시선을 피하며 바라본 그녀의 턱 선이 너무 아름다웠다. 여솔의 잘 발달된 골반과 늘씬하게 쭉 뻗은 다리는 존을 황홀하게 했다. 그녀와 사랑에 빠진 것이 아닌지 알 수가 없는 상태로 존은 그녀와 여러 밤을 보냈다. 존이 그녀의 연주 일정에 동행했을 때였다. 그녀와 호텔에서 밤을 보내고 이른 아침 같은 지역을 연주여행 중이던 김빛과 우연히 마주칠 뻔했지만 얼른 그 자리를 피해 위기를 모면한 적도 있었다.

존 안드레오티는 그간의 상처로 인해 오직 하나뿐이거나 진정한 사랑은 없다고 생각하는 편이었다. 여솔이 언제 자신을 버리게 될지도 모른다는 불안감으로 지나치게 태양에 다가가기를 경계했다. 파에톤처럼 무모한 비행을 하기에는 그는 이미 추락의 경험이 많았다.

여솔은 문 쪽에 신경을 집중하고 노크소리가 들리나 귀를 기울였다. 가슴이 뛰었다. 존 안드레오티는 공연 후 가끔 여솔의 발을 마사지해주는 특별한 사람이었다.

'그 밖의 별다른 의미?' 그녀는 곰곰이 생각할 필요도 없이 그가 얼마간 그녀의 인생 파트너라는 점을 인정해야만했다. 여솔은 그를 만나고 포도주를 곁들인

식사를 하고 커피를 마시며 스케줄을 의논하고 섹스를 했다.

　노크소리가 들렸다. 여솔은 미리 문을 열어두었다. 이윽고 큰 키의 고수머리, 윤곽이 뚜렷하여 음영감이 분명히 드러나는 존의 얼굴이 나타났다. 여솔은 별다른 반응을 보이지 않았다. 잠시 멋쩍은 순간이 흘러갔다. 존은 이때 분명히 자신의 심장이 쿵쾅대는 소리를 들었다. 존은 여솔에게 다가가 키스했다. 그 후로 여솔도 세상의 모든 고통을 한 번에 씻어내려는 듯 존에게 몰두했다. 존은 키스를 하고난 뒤에 머리끝에서 발끝까지 애무를 했다. 격정의 두 시간이 흐른 후 온몸이 땀으로 젖은 그녀에게 떠오른 한 가지 분명한 생각은 앞으로도 얼마간은 존을 다시 찾게 될 것이라는 예감이었다.

　'세상의 그 무엇이 이보다 더 날 기쁘게 할 수 있지? 오페라, 춤, 파티, 그 무엇이?'

　여솔은 지금 이 순간만은 욕망이 지성을 완전히 집어 삼켜버렸다는 기분에 젖었다.

　'그를 사랑해?' 악마 메피스토가 물었다.

　'아니, 그건 아닌 것 같아. 절대로 아니야. 그럴 수 없잖아. 내가 그를 사랑한다는 게 말이 돼?'

　'이유가 뭐야, 그를 사랑할 수 없는?'

'난 존이 누군지 몰라. 존이 날 즐겁게 할 수 있다는 것 외에는 아무 것도 아는 게 없어. 난 가끔 그가 필요할 뿐이야. 말하자면, 맞아, 바로 그거야. 그는 섹스 토이야.'

여솔은 이렇게 애송이 악마, 메피스토를 비웃었다. 그녀가 사랑하는 이는 김빛이었다. 적어도 그녀는 그렇게 생각했다. 그녀가 남편 김빛을 사랑한다는 믿음은 그 진위 여부에 상관없이 그녀에게 비난을 피할 수 있는 우산을 선물해주었다. 그녀는 우아한 여성이었다.

한편 존은 여솔을 가졌으며, 자신이 사랑하는 만큼 그녀도 그를 사랑하거나 적어도 그녀에게 환락을 제공한 자신에게 감사하며 조금은 사랑하는 마음(여솔은 실제로 정사 중에 여러 번 존에게 사랑한다는 말도 했다)도 가지고 있을 거라 믿었다.

그가 뒤척이며 잠꼬대를 하는 동안에도 여솔은 잠을 이루지 못했다. 아직도 음부에 얼얼함이 남아있었다. 시간이 흘러 성기가 수축이 되자 존의 정액이 허벅지를 타고 흘러내렸다. 침대시트에 흘러 흥건하고 미끈거리는 액체가 살에 닿을 때마다 차가웠다. 그녀는 존이 깨지 않도록 조심하며 욕실로 갔다.

여솔은 존 안드레오티의 흔적을 없애고 싶었다. 섹스가 끝난 뒤의 그것은 혐오스러운 이물감에 불과했다. 세차게 쏟아지는 샤워기의 찬 물줄기가 열기를 식히고 정신을 맑게 해주었다. 그녀는 존 안드레오티의 정액과 타액을 말끔히 씻어냈다. 그것이 김빛에 대한 예의라거나 그런 마음을 가진 자신은 무척 도덕적이며 정숙한 부류의 여자라고 자부했다. 그러나 이럴 경우에도 그녀에게 마지막까지 남는 것은 언제나 그렇듯 나른한 불쾌감이었다. 그런 기분은 그녀가 다음번에 또다시 존을 간절히 원하여 그를 만나 프렐류드 키스를 하기 전까지 지속되었다.

14

 조율사 표정은 오늘도 무거운 조율가방을 메고 웅장한 저택들이 군락을 이루고 있는 언덕을 걸어갔다. 무더위에 다리가 후들거리고 숨이 턱에 차올랐다. 고급 세단이 그의 곁을 스쳐지나갔다. 차를 타고 있는 사람들이 그를 손가락으로 가리키며 놀려댔다. 운전석에 앉은 젊은이가 차창을 열고 침을 뱉고 욕설까지 해댔지만 조율사는 그들의 무례한 행동을 마음에 두지 않았다.
 저택이 점점 가까워오자 칼 플래시 바이올린 음계연습곡 F Major가 공기 중에 너울거리며 표정을 마중나왔다. 여름이 바이올린을 연주하기 전에 굳어진 손을 풀어주기 위해 늘 하는 과정이었다.
 조율사 표정이 관찰한 여름은 가락단음계 인간이었

다. 환경에 적응력이 강하고 지나치리만큼 풍부한 감성으로 작은 일에 잘 웃고 사소한 아픔에도 크게 마음을 움직여 동정하며 행동에 숨김이 없었다. 조율사는 여름의 몸짓이나 미세한 안색의 변화에서 인간에 대한 희망과 명랑함을 발견했다. 여름은 지난 모든 아픔을 아우르며 인생의 단음계스케일에서의 이끔음과 중2도 등과 같은 문제를 해결해나가 그녀의 인생을 선율적인 가락단음계로 승화시킨 얼굴이 다소 창백한 소녀였다.

"집안 꼴이 말이 아니에요" 여름이 거실에 들어서는 표정을 향해 말을 던졌다.

여름은 애초에 저택의 관리인으로서 적합하지 않았다. 피아노나 바이올린 그리고 회화에 열중할 때면 다른 잡다한 일에는 전혀 관심을 기울이지 않았다.

요즈음 그녀는 베토벤 피아노소나타에 흠뻑 빠져있었다. 그녀는 출발선에서 조금 나아갔을 뿐이었고 서른 곡도 넘는 피아노소나타는 아직도 기대와 호기심으로 가슴 뛰는 즐거움의 세계였다.

온종일 거울을 본적이 없는 여름은 자신의 지금 모습이 마구 어지럽혀진 거실과 꼭 같을 거라고 생각했다. 그녀의 염려대로 거실은 복마전이었다. 옷은 옷대로 화구들과 뒤엉켜 나뒹굴었고 바이올린은 닫힌 그랜드 피아노 뚜껑위에 아무렇게나 놓여있고 소파위에는 먹다 남은 바게트와 치즈가 널려있었다.

"액션이 조금 느리다는 느낌이에요." 여름이 표정에게 말했다. 여름은 피아노의 음정도 부족하고 소리가 점점 줄어드는 아쉬움도 발견했다.

표정은 그녀가 말을 하고 있으며 몸 전체가 하나의 그랜드 피아노로 울리는 것을 느꼈다. 여름의 떨림이 고스란히 표정에게 전해져온 것이었는데 마치 호수나 흐르는 시냇물 같았다.

"김빛은 언제 올까요?"

여름으로서는 표정이 정성들여 조율한 피아노가 기약 없이 주인을 기다릴 것이라는 표면적인 이유 외에도 딱히 무어라 단정할 수 없는 그리움의 알갱이를 매일 조금씩 녹여 삼켰다.

표정이 반응했다.

"김빛은 성당에서 마련해준 고택에서 잘 지내고 있어요."

표정은 여름이 짧게 한숨 쉬는 것을 놓치지 않았다. 여름이 김빛이 돌아오기를 기다리고 있다는 것을 표정이 알기란 그다지 어렵지 않았다.

"난 그곳에 가서 스타인웨이를 조율했어요. 그는 아주 좋아했죠, 만족하는 것 같았어요."

표정은 말실수를 했다는 것을 알았다. 예상대로 여

름의 얼굴에 살짝 어두운 그림자가 드리워졌다.

"물론 그로서는 그다지 안심할 입장은 아니죠. 언제 또 낡은 피아노가 말썽을 일으킬지 모르니까요." 표정은 덧붙었다.

그녀는 김빛과 관련된 말이 나올 때마다 눈을 빛냈다. 성당, 고택 등의 단어가 그녀의 주의를 환기시킨다는 것을 표정이 모를 리가 없었다.

"피아노 건반 가운데 어느 하나라도 정상적으로 작동하지 않는다면, 김빛은 이곳 저택으로 달려오고 말 테죠."

여름은 언제라도 김빛이 저택으로 돌아올 수 있다는 희망에 부풀었다. 조율을 마친 표정이 리스트의 <초절기교연습곡>을 연주했다. 조율은 훌륭했고 그의 연주는 빛났다. 그 후로도 표정의 손가락은 한동안 건반 위를 날아다녔다.

왜 김빛이 돌아오기를 기다리는 것인지 여름은 아직 그 이유를 몰랐고 표정은 그런 여름이 염려되었다.

15

 김빛은 새벽 네 시에 잠에서 깨어난 그대로 침대에 쪼그리고 앉아 미동도 하지 않았다.
 여름을 처음 만났을 때 김빛은 아내가 돌아온 줄로 착각했다. 그러나 그가 발견한 여름이라는 이름의 신기한 외계 생명체는 아내와 똑같은 향기를 풍기는, 그러나 아내와는 다른 저택의 임차인이었다.
 김빛이 여름을 떠올린 것도 따지고 보면 형편없는 고택의 피아노 때문이었다. 소리를 잡아주지 못하고 점점 힘을 잃어가는 피아노를 더 이상 참아주기가 괴로웠다. 김빛은 무엇인가에 이끌리어 잔뜩 풀이 죽은 시늉을 했고 어쩔 수 없이 여름이 있는 서울의 저택으로 돌아가야 한다는 결심을 스스로 만들어갔다. 그토록 질식할 것만 같았고 벗어나고 싶었던 저택이 여름의 등장으로 전혀 색다른 행성이 되었다.

김빛이 주섬주섬 짐을 챙기기 시작했다.

"어딜 가려고? 언제나 연기처럼 자취를 감춘 뒤에야 떠난걸 알고는 허탈해했는데 오늘은 정말 운이 좋은 편이야."

언제 나타난 것인지 김 가브리엘 신부가 한옥 마당에 서있었다. 김빛은 그의 몸에서 후광이 비치는 것 같은 착각에 빠졌다.

"잠시 집에 다녀와야겠어. 피아노가 또 말썽을 일으켰어."

"피아노 소리가 들리지 않아서 건너온 거야. 피아노에 문제가 생겼다는 걸 알았지."

"오래 걸릴지도 몰라."

김빛은 이상한 예감에 불쑥 이렇게 말하고 말았다. 그는 이제 저택으로 돌아가게 된다면 성당의 고택으로 다시는 돌아오지 못할 것 같았다. 그런 확신은 어디에서 오는 걸까? 떠오르는 얼굴이 있었다.

"피아노는 내가 손을 봐둘 테니 언제든 돌아와." 신부가 말했다.

한옥의 스타인웨이가 생명을 다했다는 핑계로 김빛은 소박한 짐을 챙겨서 고택을 빠져나왔다.

김빛이 결혼한다고 했을 때 만류하지 못한 것을 김

신부는 내내 후회했다. 김 가브리엘이 보기에 김빛은 결혼생활을 하기에 적합하지 않은 인물이었다. 때로 너무나 이기적이며 감정에 치우치는 그가 과연 잘 살아갈 수 있을까? 한 인간과의 동행이 가능할까? 가브리엘은 고개를 가로저었다. 다른 한편으로는 김빛이 예술가로서의 열정의 일부를 결혼생활에 쏟게 될 것이 마뜩치 않았다.

'한 가지를 위해서 나머지를 포기해야하는 숙명이 반드시 나쁜 것일까?' 김 가브리엘은 나쁘지 않다, 라고 스스로의 물음에 대답했다. 자신도 그랬으니까. 지금도 그게 옳다고 생각하니까.

"우리 같은 사람들에겐 고독이 숙명이야. 그게 우리를 키우고 살찌우는 거야." 김 가브리엘이 마치 곁에 누군가 있기라도 한 것처럼 말했다.

김빛은 고택을 떠났다.

김빛이 떠난 고택은 너무나 크고 썰렁했다. 김 가브리엘 신부가 사랑하는 숙명은 가끔 이렇게 그를 괴롭혔다.

16

 김빛이 돌아오기 전까지 속옷 바람으로 활보하던 거실이었다. 일상의 자유로움을 포기하는 대신 마치 김빛과 밧줄 양끝을 맞잡고 있는 것 같은 긴장감이 생겨났다.
 여름은 김빛이 저택에 다시 돌아온 뒤로 생겨난 어색하고 불편한 행복을 받아들였다. 이런 종류의 즐거운 불편함은 여름이 일찍이 경험해보지 못한 것이었다.
 '종일 말 한마디 없는 김빛과 한 공간을 사용해야하다니!'
 어느 날 여름은 용기를 내어 지나치리만큼 과묵한 아폴론에게 말을 걸어보았다. 아침이었고 커피를 마시기에 알맞은 꿉꿉한 날씨였다.

"바게트 먹어요."

여름은 김빛이라는 낯선 인간에 대한 막연하고 유래를 알 수 없는 좋은 선입견을 가지고 있었다. 그가 겉은 바삭하지만 속은 촉촉한 바게트 같은 사람일 거라 기대했다.

김빛이 갑자기 고개를 들었다. 김빛의 얼굴이 닿을 듯 너무 가까이 있었다. 여름은 조금 물러서며 커피와 빵을 테이블에 놓았다.

김빛은 새벽부터 다음날 아침까지 쉬지않고 초절기교연습곡을 연주했다. 그 가운데 7번곡 <영웅Eroica>은 이야기를 들려주듯 서사적이며 한편으로 우레를 치듯 격동적이었다.

조금 전부터 그는 연주를 끝내고나서 넋이 나간 사람처럼 미동도 하지 않았다. 여름이 얼음수건으로 이마에 흐른 땀을 닦아주는 것도 몰랐고 여름 또한 자신이 무심코 한 행동에 별다른 의미를 두지 않았다. 그는 현실에 무심하거나 동떨어진 채로 피아노 속에서 삶을 그려나가고 있었다. 여름은 그의 가슴에 귀를 대보았다. 심장박동이 전해졌다. 박동은 방금 그가 연주했던 <영웅Eroica>의 속도와 장단 그리고 강약과 닮았다.

여름은 그녀를 전혀 의식하지 않는 김빛 앞에서 한

없이 작아지는 느낌이었다.

'난 그에게 파리나 여름철에 귀찮게 구는 모기정도일 거야.'

김빛이 여름이 곁에 있다는 사실조차 알지 못하자 여름은 약간 화가 났다.

그의 곁에 이젤을 폈다. 애초에 김빛을 캔버스에 담으려는 의도는 아니었다. 반투명 커튼을 뚫고 들어온 햇살이 김빛을 에워쌌다. 그림을 그리는 건 여름의 버릇이었다.

'그가 다시 연주를 시작했나? 아, 맞아 그의 손이 건반 위를 날고 있어.'

여름에게는 아무 소리도 들리지 않았다. 그녀의 정신이 인위적으로 묵음 처리한 공간 위에 그의 몸짓과 손가락의 움직임만이 화폭에 하나 둘 수놓아졌다. 여름은 소리는 오직 김빛에게 맡기고 그의 모습에만 집중했다. 그러나 잠시 뒤 여름은 붓을 놓고 말았다. 소리를 제거해버린 그는 무의미함 그 자체였다.

'소리를 제거한 그는 죽은 거나 다름없어.'

여름은 의도적으로 다시 귀를 활짝 열었다. 그러자 갑자기 오디오의 볼륨을 높인 것처럼 김빛의 움직임에 따라 여러 개의 종이 한꺼번에 울리듯 지축을 뒤흔드는 음향이 하모니를 이루며 다가왔다. 죽었던 김빛이 부활한 느낌이었다. 어쩔 수없이 여름은 토루소와 피아노가 하나 되어 만드는 거대한 음향을 오롯이 함께 그려내야 할 운명이었다. 그의 얼굴을 적신 땀이 턱에서 하나둘 건반에 떨어지고 있었다. 그의 손가락이 노래하는 혀와 입술처럼 움직였다. 두 사람의 작업은 한참동안 이어졌다.

조율사 표정은 저택에 무시로 드나들 수 있는 사람이었다. 지금 우연히도 피아노와 김빛 그리고 이젤과 여름이 조화를 이룬 광경을 보게 되었다. 잠시 뒤 조율사 표정의 시야 안에서 김빛은 말없이 여름을 바라보고 있었다. 조율사 표정은 소리 나지 않게 뒷걸음질로 물러섰다. 김빛과 여름이 키스하는 모습도 멀어졌다.

여름은 성당에 다녔지만 겨자씨 한 알만큼의 믿음도 없었다. 저택의 거실 한쪽 벽에 십자고상이 걸려있었다. 오늘도 사람의 아들은 머리에 가시관을 쓴 채 김빛과 여름을 내려다보았다. 보는 사람의 느낌에 따라서 그것은 무의미하거나 혹은 그 반대로 많은 의미를 지녔다. 여름은 그 십자가의 신이 자신의 삶에 깊숙이 관여한다거나 죽고 난 뒤에 심판을 내릴지도 모른다는 걱정을 하지 않았다. 여름은 아무 생각 없이 일요일에 '미사'라고 불리는 예식에 꼬박꼬박 참여했다.

'신앙은 일종의 투자야. 신이 있을지 없을지 모르잖아, 그러니 살아있는 동안 미리 투자를 해두는 거야.'라고도 생각했다.

여름은 김빛이 여솔의 남편이라는 사실을 의식적으로 잊으려 했지만 까마득히 잊어버릴 수는 없었다. 그와 키스하는 순간, 십자가와 눈이 마주쳤다. 여름은 김빛에게서 떨어졌다.

그런 일이 있고나서 여름은 십자가를 벽에서 떼었다가 제자리에 다시 걸기를 몇 번이나 되풀이 했다. 그 뿐이 아니었다. 여름은 자신의 책상위에 놓아둔 성모상의 얼굴이 보이지 않도록 뒤로 돌려놓았다. 성모상이 못마땅한 눈으로 흘겨보는 것 같아서였다.

여름은 한 가지 결심을 했고 그 후로는 김빛을 피하지 않았다. 가끔 그에게 기대고 가볍게 안으며 등을 토닥이기도 했다.

조율사 표정도 여름이 이제 더 이상 김빛을 연인으로 사랑하지 않는다는 것을 알고 있었다.

17

프리마돈나 여솔은 오래전부터 예정되었던 공연이 취소되었다는 연락을 받고 한국행 비행기를 예약했다.

"나와 함께 피렌체로 여행을 떠나는 게 내키지 않는다면 마음대로 해요." 존 안드레오티가 말했다.

존 안드레오티 주변에는 여자들이 많았다. 여솔이 그에게 사랑하는 감정을 느끼지 않고 다만 욕구를 채우는 도구로만 여기는 데는 또 다른 이유가 있었다. 여솔은 자신이 사랑하는 유일한 남자는 김빛이라 믿었다. 그녀가 만든 새장 안에서 그녀의 보호를 받으며 살아가는 김빛은 영원히 여솔의 소유였다. 그의 재능과 젊음 그리고 그를 향한 여솔의 존경심은 혼인서약과 함께 김빛에게 영원한 남편으로서의 지위를 부여했다. 여솔은 그 황금의 계약이 영원히 깨어지지 않기를 바랐다. 여솔은 김빛이라는 왕관앵무새에게 모이와 물을 주었다.

"한국에 좀 다녀와야 할 것 같아요." 이렇게 여솔은 존의 제안을 거절했다.

한국으로 향하는 비행기 안에서 여솔은 동생 여름을 떠올렸다. 비행기에 몸을 싣자마자 죽음보다도 더 깊은 잠에 빠졌다. 그동안 너무나 바쁜 일정에 쫓기어 살았다.

비행기가 착륙할 때는 늘 마음이 울렁거렸다. 도착지가 한국일 경우에는 더 그랬다. 동생 여름이 한국의 저택에 있다는 사실이 그녀를 위로했다. 어머니가 돌아가신 후 이제 여름은 그녀의 유일한 혈육이었다.

여솔은 곧바로 저택으로 갔다. 그녀가 현관에 들어설 무렵 여름은 김빛의 초상화에 마지막 작업을 하고 있었다. 여름은 여솔의 갑작스러운 출현에 당황해서 그림의 눈 부위를 붓으로 짓뭉개는 실수를 저질렀다.

'임차인인 나에게 연락도 없이?'

여름은 언제부터인지 자신이 저택의 주인이라는 마음으로 살았다.

"잘 지냈어요. 이것 받아요." 여솔이 현관에 들어서며 여름에게 불쑥 바이올린 케이스를 건넸다. 여름이 엉거주춤 케이스를 받았다. 두 사람은 여전히 서먹서

먹했다. 헤어져 살았던 세월의 간극은 깊었다. 여솔이 머뭇거리며 서있는 여름에게 바이올린 케이스 다시 넘겨받아 직접 지퍼를 열었다.

대학진학을 망설였던 여름은 작곡과로 진로를 바꾸었다.

여솔은 지금 바로 등 뒤에서 눈이 휘둥그레진 채로 바이올린을 뚫어져라 바라보고 있을 여름을 상상했다.

여름은 홀린 듯 바이올린을 넘겨받아 채광창으로 흘러들어오는 빛에 비춰보았다. 바이올린의 지판이 시작되는 앞판에 두루미 모양의 작은 흠이 있는 것을 발견했다. 마치 바이올린을 제작할 때 미리 새겨 넣기라도 한 것처럼 높이1.5cm정도의 두루미 형상이 아로 새겨져있었다. 긴 다리와 긴 목, 그리고 몸통과 깃털이 두루미와 흡사했다. 여름은 이런 행운이 믿어지지 않았다. 만일 바이올린이 자신의 것이 될 수 있다면 바이올린에 '두루미'라는 이름을 지어 부르고 싶었다.

여솔이 집으로 돌아와 여름과 인사를 나누는 동안 김빛은 잠에 빠져있었다. 요 며칠 동안 그는 잠을 자지 못했다. 오늘 아침 김빛은 그동안 겹친 피로에 기절하듯 소파에 쓰러져 잠들었다. 꿈결에 여름과 여솔이 소곤소곤 주고받는 말소리를 들었다. 아내가 돌아온 것 그리고 연주여행을 위해 또다시 훌쩍 떠나는 것이 그에게 별다른 의미는 아니었다. 여솔은 김빛으로 하여금 아무 것도 기대하지 않도록 만들었다. 아내의 빈자리가 오히려 김빛이 숨 쉴 수 있는 공간이 되어버린 지 오래였다. 그 비이있던 공간에는 아내와 같은 듯 다른 임차인 여름이 있었다.

여솔이 김빛에게 청혼했을 때 김빛은 아무런 대답도 하지 않았다. 그 침묵이 여솔에게 승낙의 의미로 받아들여졌다.

여솔이 한국에 도착한 다음날 아침, 여솔과 김빛 그리고 여름이 식탁에 둘러앉았다.

"여름이 바이올린을 계속했으면 좋겠어."

여솔이 잘 씻은 양배추를 날로 먹으며 말했다.

여름은 바이올린을 포기한 적이 없었다. 프로 연주자가 되지 않았을 뿐 바이올린은 변함없이 그녀의 분신이었다.

"난 바이올린을 포기한 적이 없어요." 여름의 말은 진실에 가까웠다. 그녀는 매일 커피를 마시듯 바이올린을 만났고 대화를 나누었고 악기가 들려주는 이야기를 들었다.

여솔은 어릴 적 여름이 연주하던 <베토벤 바이올린 소나타 5번, '봄'>을 생생히 기억했다. 여름은 그때 이미 대가로서의 싹을 틔우고 있었다. 그런 여름에게 가난이라는 시련(아버지에게 경제적인 능력이 없었다기보다는 돌볼 자녀가 너무 많았다)이 닥쳐왔을 뿐이었다.

여름은 '난 바이올린을 포기한 적이 없어요. 그 무엇도 포기하지 않죠. 그기에 더해 회화도, 피아노도, 그리고 여솔 언니가 내팽개쳐둔 왕관앵무새를 돌보는 일에도 진심이에요.' 여름은 소리 내어 말하지는 않았다.

"난 바이올린의 이름을 지었어요. 두루미, 크레인 crane어때요?" 여름이 말했다.

"나도 발견했어, 앞판에 있는 작은 무늬 말이야, 정말 두루미 모양 같아." 여솔이 맞장구를 쳤다.

여솔은 바이올리니스트, 여름을 기대했다. 여솔은 여름이 연주하던 <드뷔시의 소나타 G Minor>도 잊을 수가 없었다. 어린 아이의 연주라고는 믿을 수 없을 만큼 훌륭했던 기억이 새록새록 떠올랐다.

'여름은 엄마를 그리워하는 거야. 아이답지 않게 슬픔을 연주로 표현할 줄 알아' 그때 여솔에게 찡한 아픔이 밀려왔던 기억을 지울 수가 없었다.

동생 여름이 바이올린을 그만두게 된 것이 자신이 무심했던 탓인 것 같았다. 여솔이 말없이 여름을 안았다. 동생의 체온을 느꼈다.

'이제부터 내가 엄마가 되어줄게.'

여솔이 마음속으로 속삭였다.

"들어가도 될까요?"

조율사 표정이 현관에 선 채로 세 사람을 바라보며 말했다.

우주를 떠돌던 행성들이 몇 백만 년 만에 일렬로 늘어서서 사람들을 놀라게 하는 것처럼 모처럼 비어있던 저택에 사람들이 모였고 이런 단란하고 행복한 모습은 조율사 표정이 보기에도 좋았다.

"훌륭한 바이올린이군요." 표정이 말했다.

여솔이 표정을 반갑게 맞았다.

"우리 문화재단 소유의 악기인데 그동안 다른 바이올리니스트에게 무상 대여했던 것을 이번에 여름 씨에게 대여하게 되어 기뻐요."

말 그대로 여솔은 태어나서 이 순간처럼 기쁜 날이 있었던지 되돌아보았다. 오래 전 어머니의 사업은 위기를 맞았고 여솔은 동생을 위해 아무것도 할 수가 없었다.

여름은 조율사 표정의 피아노에 맞추어 <브람스 바이올린 소나타 1번 G Major> 연주하기 시작했다. 선물 받은 바이올린, 두루미로 여름이 들려주는 소나타는 부슬부슬 비가 내리는 시골마을의 정경을 떠올리게 했다. 파스텔 톤의 명랑하면서도 달콤한 선율이 사람들을 사로잡았다. 고즈넉한 쓸쓸함 그리고 이것을 위로하듯 쓰다듬는 손길, 바이올린과 피아노의 화답이 어우러졌다. 소리는 무겁지 않았다. 가루비가 내리는 저녁의 쓸쓸함과 이것들을 모두 이겨낸 명랑함일까? 아마도 그런 것 같았다. 여름이 아픔과 조화를 이루며 공존하는 가벼움, 번다한 아픈 것들을 허공으로 띄워 보내자 소리는 이내 비가 되어 저택이 속한 대지를 적셨다. 상상의 비는 보라색 혹은 밝은 녹색이었고 그때그때 다양한 빛깔로 변했다. 연주는 계속되었다. 이윽고 대기는 음악의 비안개로 자욱했다.

연주를 감상하는 김빛의 얼굴에도 보람된 일을 하는 인간의 숙성된 편안함이 엿보였다. 그는 아마도 며칠째 수염을 깎지 않았음에 틀림없다. 적어도 그는 늘 면도보다 더 중요한 일을 하고 있었다.

"하나도 변하지 않았어. 미안해, 발전이 없었다는 뜻이 아니에요." 여름의 연주가 끝나자 여솔이 말했다. 여름이 오랫동안 바이올린을 쉬었다는 오해에서 불쑥 튀어나온 말을 주워 담기에 애를 썼다.

"섬세하고 아름다운 연주였어요." 김빛의 말에 표정이 고개를 끄덕였다.

여솔은 김빛의 시선이 줄곧 동생 여름에게 머문다는 것을 알았다. 무엇일까? 라는 의문은 점점 커져갔다.

"성당 고택에 있을 거라 생각했어." 여솔이 온통 여름에게 쏠려있는 김빛의 시선을 자르듯 말했다. 그녀의 물음에 김빛이 건조한 음성으로 대답했다.

"피아노가 말썽을 일으켰어."

"덕분에 오늘은 반가운 얼굴들이 모두 모였군요." 표정이 말했다.

"표정, 당신의 피아노 연주도 정말 훌륭했어요."

여솔이 말했다. 그런 다음 여솔은 다시 여름에게도 '최-고-였-어.'라는 입모양을 만들며 엄지를 치켜세웠다.

여름은 깊은 소리를 만들어내는 신비의 명기, 두루미에 홀렸다. 그녀는 두루미의 목을 가볍게 감싸 쥐었다. 그녀는 바이올린을 가슴에 꼭 안았다.

김빛은 가끔씩 딴 데를 보았다. 여솔의 행동 하나하나는 김빛과는 무관한 것이었다. 왕관앵무새 김빛은 외로움에 익숙했다. 갑작스런 그녀의 출현이 오히려 불편했고 그에게 아무런 감동을 주지 못했다.

"여름은 타고난 바이올리니스트에요, 다들 어떻게 생각해요? 난 여름이 유학을 가서 거장들을 사사하는 게 어떨지 여러분의 의견을 묻는 거예요." 여솔은 사람들에게 눈길을 주며 동의를 구했다.

여름은 반항하고 싶었다. "피아노나 바이올린 그리

고 회화 그 어느 것에도 죽도록 매달리지는 않을 거예요, 그럴 이유가 없잖아요."

여솔은 굽히지 않고 여름에게 자신감을 불어넣으려는 듯 더 큰 소리로 말했다.

"모두들 보았잖아요, 여름이 누구보다 훌륭한 바이올리니스트란 걸. 사실 난 걱정했어요. 하지만 그 모든 게 기우였다는 걸 오늘 똑똑히 알게 되었죠. 너무 기뻐요." 여솔의 소프라노음은 오디오에서 흘러나오는 소리로 착각될 정도였다.

"유학을 가지 않아도 내가 도와줄 수 있어요." 김빛이 불쑥 말했고 사람들이 모두 대화를 멈추고 그를 바라보았다. 잠시 정적이 흘렀다.

"나는 그녀를 도울 수 있어요."

김빛이 또다시 힘주어 말했다.

여솔은 김빛의 눈을 보았다. 그의 눈이 흔들리고 있었다.

"난 나의 취미인 바이올린을 사랑해요, 그리고 피아노도 마찬가지에요." 여름은 이렇게 유학을 떠나라는 여솔의 제안을 거절했다. 여름은 '취미'라는 단어에 유독 악센트를 주어 발음을 했다.

김빛이 여전히 여름을 뚫어지게 바라보고 있었다.

"난 커리어에는 아무런 관심이 없어요." 여름이 김

빛의 얼굴을 응시하며 다시 힘주어 말했다.

"떠나지 않을 거예요." 그녀는 단호했다. 그런 단호함이 또다시 여솔을 의아하게 만들었다.

여솔은 여름과 김빛 사이에 흐르는 묘한 기류를 읽었다. '무얼까?' 여솔은 자신의 감정과 지성을 향해 동시에 물었다. 아직은 안개 속이었지만 물안개가 자욱한 호수에 진실의 괴물 네시가 불쑥 그 모습을 드러낼 것 같은 공포가 밀려왔다.

김빛과 여름이 서로 사랑하는 건지도 모른다는 묘한 여운이 여솔에게 아지랑이처럼 피어오른 것도 바로 이 순간이었다.

18

 땅거미가 지기 시작하자 여솔은 넓고 경사가 완만한 계단을 따라 위층으로 올라갔다. 햇살이 잘 드는 곳에 한동안 주인을 잃어버렸던 그녀의 침실이 있었다. 도우미 김미래 여사가 모처럼 돌아온 여솔을 위해 청소를 하고 침대시트를 갈았다.
 김빛은 아내 여솔이 돌아오고 그녀가 저택의 실내에 이곳저곳 체취를 남기며 돌아다니는 동안 이물감을 느꼈다. 원래 곁에 없던 그녀였고 오페라 공연무대에 서 있는 그녀를 보도 사진이나 방송을 통해 보았다.
 오늘도 김빛은 어제처럼 서재에서 잠을 청할 예정이었다. 모처럼 아내가 돌아왔다는 예외적 상황에 비추어 함께 잠을 자야한다는 의무감과 일말의 기대가 전혀 없는 것은 아니었지만 여솔은 가벼운 키스와 함께 잘 자라는 인사로 그 작은 불씨마저 끄고 말았다.

여솔도 김빛과 떨어져 자는 상황에 익숙했다. 그 밖에도 다른 이유가 있었다. 김빛과 함께 자지 않는 것이 연인, 존 안드레오디에 대한 예의라고도 생각했다. 그녀는 김빛으로부터는 정신을, 그리고 존으로부터는 육체를 취하는 이중적 태도를 굳게 지켜나갔다. 그것이 그녀가 인간과 사물을 관찰하고 대하는 태도였다.

'정신과 마음이 각각 다른 이름을 가지고 있듯이 저 나름의 행복을 추구할 권리가 있다. 내가 주인인 생활에 나의 주관적인 잣대를 들이대지 못할 이유가 뭘까?'

다음날 여솔은 일찍 깨어나 김빛의 서재에 갔다. 반쯤 열린 문으로 들여다보았지만 김빛은 그곳에 없었다.

그 시각 김빛은 여름과 집근처의 산책로가 끝나는 숲속에 있었다. 새벽 산책은 여름과 김빛의 중요한 일과 가운데 하나였다.

고개를 갸웃거리던 여솔은 당장 뉴욕으로 돌아오라고 재촉하는 존 안드레오티의 톡을 받았다. 존은 여솔과 이탈리아 여행을 꿈꾸었지만 이루어지지 않자 여행 계획을 아예 취소했다.

"질다가 휴가를 즐기는 동안 오페라 〈리골레토〉는

절대 막을 올릴 수가 없어요."

존은 아침에 눈을 뜨는 순간부터 새벽 네 시, 깊은 잠에 빠져들기 전까지 끊임없이 여솔을 기다렸다.

여솔은 하루에도 몇 번씩 걸려오는 존의 톡이 귀찮기도 했지만 평소보다 자주 시계를 보았고 존 안드레오티의 톡을 기다렸다.

여솔은 동생 여름이 재능을 썩히지 않기를 바랐다. 여솔도 프리마돈나로서 무대에 오를 때만은 모든 것을 잊고 희열을 맛보았다. 여솔이 아울로스의 피리, 아름다운 목소리를 가진 채 태어났다면 동생 여름은 피아노와 바이올린 그리고 회화에 이르기까지 그 재능을 가늠하기 어려웠다.

"왜 하나에만 몰두해야하는 거죠? 난 사랑하는 게 너무 많아. 어느 하나도 버리고 싶지 않아요." 여름이 말했다.

존 안드레오티의 성화에 계획보다 조금 앞당겨 뉴욕으로 돌아가게 된 여솔은 여름에게 짤막한 메모를 남겼다.

'여름에게

예술가는 자신이 원하는 예술로써만 아픔을 이길 수가 있어요. 나의 경우에도 그랬으니 이미 증명이 된 셈이랄까요.'

여름에게 꼭 해주고 싶은 말이었다.

여솔은 공항으로 가기위해 저택을 나섰다. 리무진이 동네 어귀를 돌았을 때 반대편에서 나란히 걸어오는 김빛과 여름을 발견하고는 손을 흔들었다. 김빛과 여름은 여솔을 발견하지 못한 채 스쳐지나갔다. 두 사람은 대화에 빠져있었다.

여솔은 언제 김빛과 다정하게 이야기를 나누었는지 기억에도 가물거렸다. 여솔은 두 사람이 아침 일찍 어딜 다녀오는지 잠시 의문에 잠겼다. 두 사람은 운동복 차림이었다.

여름은 여솔이 간단한 메모만 남기고 떠났다는 것을 알고 처음에는 적이 놀랐지만 곧 일상을 회복했고 여솔이 잠시 머문 자리도 흔적 없이 지워지고 말았다.

저택은 또다시 여름의 집이 되었다. 김빛은 "아내가 떠났어요."라고 덤덤하게 말했다.

여왕은 왕관앵무새 따위에게는 잘 다녀오겠다거나 왜 갑자기 떠나게 되었는지, 무엇을 하러 가는지 등의 시시콜콜한 설명을 하지 않았다.

한국에 머무는 동안 여솔은 간혹 이유 없이 짜증을 부렸다. 존은 사업에 열정적이듯 섹스에도 진심이었다. 존은 참을성 있고 섬세한 프렐류드에 이어 길고 황홀한 육체의 여행으로 그녀를 이끌었다. 여솔은 뉴욕으로 돌아가는 비행기 안에서 줄곧 존을 생각했다.

 존이 여솔이 묵고 있는 호텔에 올 때면 여솔의 몸이 먼저 그를 기억하고 반응했다. 그가 애무를 하기도 전에 그녀는 이미 젖어있었다. 그럼에도 여솔은 남편 김빛만을 사랑한다고 스스로 굳게 믿었으며 그런 사실은 절대로 변하지 않을 거라 맹세도 했다.

19

　햇살이 대지에 한가득 따스한 기운을 뿌리는 낮에 조율사 표정과 김빛 그리고 여름이 거실에서 레몬티를 마시며 담소를 나누었다.
　"프란츠 리스트의 12개의 초절기교 연습곡 가운데에서 제3곡, <풍경>은 비교적 어렵지 않은 곡이죠. 고즈넉하고 느리게 흐르는 풍광을 스케치하듯 그리는 곡이랄까요." 표정이 여름에게 말했다.
　표정은 양발을 자유자재로 쓰는 축구선수처럼 어디로 튈지 모르는 사람이어서 여름이 수비를 펼치기에 힘이 들었다. 그는 대화 중에 상징과 비유를 섞어 썼다. 여름은 대답 대신 그의 말에 더욱 귀를 기울였다.
　"물이 대지를 여행하듯 마음이 가는 대로 하세요. 여름 씨가 원하는 것을 한다면 마음이 편안해 질 거예요. 그리고 그것이 당신을 치유하고 또 행복하게 할 테니까요."라는 표정의 말에 여름의 장난기가 발동했다.

"그럼 항상 원하는 것만 하는 김빛은 왜 행복해보이지 않는 걸까요?"

"제가 불행해보이나요? 그럴 수도 있겠어요. 하지만 난 죽음보다 더 괴로운 행복에 빠져있어요. 나도 때로 이것이 불행인지 행복인지 헷갈릴 때가 있지만요." 김빛이 말했다.

이때 표정이 그녀를 지긋이 바라보았다. 여름은 그의 신비스런 눈빛을 처음으로 느꼈다. 조율사 표정은 여름을 위해 바쁜 시간을 쪼개어 저택에 왔다.

여름은 평소 바이올린이나 피아노가 어디까지나 취미일 뿐이라는 점을 강조했다. 그것은 비단 김빛이나 표정을 비롯하여 주위의 모든 사람들에게 뿐만 아니라 스스로에게도 최면을 거는 행위였다. 바이올린을 계속 할 수 없었던 어린 시절을 용서하고 싶었다. 그건 누구의 잘못도 아니야, 라고 체념했다. 동생들이 연이어 태어났다. 어린 여름에게 혼자만의 공간과 시간은 허락되지 않았다.

표정이 화제를 바꾸었다.

"여솔 씨가 여름에게 매달 보수를 지불하는 것이 우

연한 일만은 아니겠죠?"

"저도 임대인 여솔이 제게 그렇게나 많은 보수를 주는 이유를 모르겠어요."

말과는 달리 여름은 그 이유를 알고 있었다. 그리고 당분간은 그 사실을 드러내지 않겠다는 것이 여솔과의 무언의 약속이었다.

"여름 씨를 무척 아끼고 사랑하기 때문 아닐까요?"

"당신은 마치 도깨비 같네요."

여름의 입에서 불쑥 이런 말이 튀어나왔지만 그렇게 생각한 적도 많았다. 그는 언제나 갑자기 나타났고 저택에서 일어나는 모든 내밀한 상황이나 개개인의 마음까지도 꿰뚫어보는 듯 했다.

"여름 씨는 여솔의 진정한 마음을 받아들여야 할 것 같아요. 그녀는 당신을 사랑하니까요. 마치 엄마 같다고나 할까요."

여름은 그 말에 반감을 가졌다.

'여솔이 내 엄마여서는 안 된다. 그녀는 언니여서도 안 된다. 그녀는 임대인일 뿐이야. 그래야 해.'

여름은 모든 지난 아픔과 화해하였다고 자신했지만 사실은 구부정해진 채로 굳어버린 과거에 반항하며 지금까지도 그 왜곡된 지평선 위에서 균형을 잡기위해 비틀거렸다. 그 과거 속에는 여솔과 친엄마, 아빠, 새엄마도 있었다.

　여름이 말했다.

　"초절기교 연습곡의 2곡은 제목이 없어요. 난 궁금했어요. <제목 없음>의 의미는 무엇일까요?"

　김빛은 여름의 몸짓과 말에 온통 마음을 빼앗겼다. 그녀를 향해 그의 마음 밑바닥에서 끓어오르는 감정은 불꽃이었고 불행과 행복의 갈림길에 피어오르는 도화선이었다. 초절기교 연습곡의 2곡은 <도화선>, 이나 <불꽃>으로도 불리었다.

　"무척 어려워요. <제목 없음>은 내가 연주하기엔 벅차요. 마치 미리 정해진 악보가 없는 인생과 같은 걸까요? 나의 지난날도 제목이 없었어요. 앞으로도 그럴 거구요. 인간에게 미리 정해진 것이란 없으니까요."

　여름은 <제목 없음>을 자신이 지내온, 그리고 앞으로 맞이해야할 미지의 생활에 빗대어 말했다. 여느 인간들과 마찬가지로 그녀가 태어날 때 무엇이 되기로 미리 정해진 것이 아니었다.

　여름의 음성은 여솔과 무척 닮아서 마치 여솔이 말을 하는 것 같았다. 김빛은 잠시 마음이 불편했다. 아내 여솔을 생각할 때마다 떠오르는 장면이 있었다. 그것은 다른 종류의 불쾌하고 괴기스러운 불꽃이자 도화선이었다.

김빛은 몇 년 전 연주차 방문한 스위스의 한 호텔 로비에서 체크인하는 여솔과 존 안드레오티를 발견했다. 의도적으로 감시를 하려던 것은 아니었다. 김빛은 다음날 아침 승강기에서 함께 내리는 두 사람을 다시 보게 되었다. 그 후로도 그런 우연들이 몇 번 더 반복되었다. 김빛은 그 누구에게도 이런 사실을 말하지 않았다.

김빛은 다시 대화에 집중했다. 여름이 고해성사를 하듯 들려주는 말은 김빛을 설레게 하고 그의 심장에서 육화되어 빠르고 생기 있는 음악이 되었다. 김빛은 자신의 내면에서 끓어오르는 여름을 향한 불꽃, 이미 불이 댕겨진 도화선을 인식했다.

여름은 색다른 해석을 했다.

"또 다른 의미로 <제목 없음>은 결과나 목적지를 알 수 없다거나 어떤 일이 벌어질지 모른다는 것일까요?" 여름이 표정에게 다시 물었다.

"반드시 그런 것만은 아니죠, 여름 씨는 목적지를 알 수 있어요, 시작은 반드시 결과를 낳기 마련이니까요. 나쁜 시작인 경우에는 더욱 그래요."

표정이 말을 마치자 잠시 정적이 흘렀다. 여름은 그가 불길한 예언을 하는 점쟁이처럼 느껴졌고 그만 돌아가 주기를 바랐다.

<제목 없음>.

지금 그녀가 처한 상황과 마음을 대변하는 이 한마디에는 오히려 너무나 많아서 한 그릇에 담을 수 없는 무수한 뜻과 제목들이 숨어 있는 것 같았다.

'잘 알았어요. 나는 김빛을 사랑하지 않을 거예요. 모두를 위해 그러도록 노력할 거예요.' 여름은 복잡한 심경을 마음속으로 고백했고 표정이 모두 들었다.

표정이 돌아가기 위해 문을 나서자 고백소의 붉은 등을 닮은 현관 점멸등이 자동으로 켜졌다가 꺼졌다.

20

 감정을 자유자재로 조절할 수 있다는 것은 신기한 경험이었다. 여름은 김빛을 욕정의 대상으로 사랑하지 않기로 했고 그런 시도는 어느 정도 성공을 거두고 있었다.
 김빛이 며칠 만에 처음으로 입을 열었다.
 "난 악보의 노예야."
 평소 그는 한숨을 쉬거나 입모양으로만 말하고 들릴 듯 말 듯 중얼거렸다. 그런 김빛에게 여름은 더욱 큰 소리로 말했고 김빛은 평소의 그답지 않게 여름의 불쑥 내미는 말에도 화를 내지 않았다.
 "사람들은 같은 악보의 노래라도 저마다의 감정을 실어 조금씩 다르게 부르죠, 완벽하기보다 남과 다르다는 것이 중요해요." 여름이 마침 곁에 함께 있던 표정에게 동의를 구하는 눈길을 보냈다.

"나는 피아노를 조율하지만 인간이 연주를 하는 동안이나 연주를 끝내기 전까지는 아무 것도 할 수 없어요." 표정은 비유로 말하기를 좋아하는 조율사였다. 그의 말대로 그는 김빛이 연주를 하는 동안 가만히 지켜볼 뿐이었다.

"사람들은 내가 조율을 마친 악기로 저마다 다르게 천국과 지옥을 연주해요." 조율사 표정이 말했고 김빛과 여름은 그의 말을 해석하기위해 잠시 생각에 빠졌다.

김빛과 여름은 조율사 표정이 언제나 곁에 있다는 착각이 들었다. 식사를 할 때나 차를 마시며 담소를 하는 중에 그가 대화에 끼어드는 것을 당연하게 여겼다. 표정의 온화한 카리스마를 저택의 식구들 모두가 좋아했다. 도우미 김미래는 그에게 줄 맛있고 영양이 듬뿍 든 주스를 만들기 위해 여러 가지 아이디어를 짜내곤 했다.

"예술가는 인간을 위해 악보를 만들었어요. 그러나 김빛이 과연 곡을 지은 이의 노예일까요? 물론 악보에는 작가의 의도가 숨어있지요. 그것을 읽어내고 그기에 더해 자신만의 사상과 감정을 싣는 것은 연주자의 몫입니다." 그의 말에 여름은 대자연의 작가, 나아가

우주를 만든 작가를 떠올렸다. '누구일까? 무엇일까? 정말 있기나 한 걸까?'

김빛은 표정이 독심술사일지도 모른다고도 생각했다. 걱정이 생겼다. 자신이 여름을 사랑하는 마음을 그가 이미 알고 있을 거라는 의혹을 지울 수가 없었다.

김빛은 여름과의 키스와 포옹 그리고 섹스를 상상했다. 그는 이렇게 생각으로 그녀를 사랑할 뿐 몸의 언어로 표현하거나 직접 행동으로 옮기지 않았다. 김빛은 아내와 존 안드레오티의 욕정에 이끌린 사랑보다 스스로가 더 고차원적인 사랑을 하고 있다고 자부했다. 그런 우월감이 아내를 미워하는 마음과 서로 다투었고 그것으로 마침내 아내를 향한 미움마저 사그라지는 느낌이었다. 아내와 존 안드레오티를 향해 피어올랐던 증오심이 어느 순간 사라지는 신비를 경험하고 김빛은 전율을 느꼈다.

"난 인간과의 계약을 이행할 뿐입니다. 정말 그래요. 조율하는 일이죠. 연주하는 것은 어디까지나 인간의 몫입니다." 조율사 표정이 말했다.

김빛이 <라흐마니노프 피아노 협주곡 3번>이나 그 밖의 다른 협주곡을 연습할 때 간혹 표정의 도움을 받았다. 표정이 오케스트라 파트를 맡았다.

"여러분들 앞에는 각자의 인생이라는 악보가 펼쳐져

있어요. 조율을 끝낸 나는 연주가 끝나기 전까지는 가만히 지켜볼 뿐입니다." 표정이 다시 말했다. 그의 말에는 힘이 있었다.

"하지만 표정 당신은 간혹 우리가 연주를 잘 할 수 있도록 오케스트라 파트를 맡는 경우도 있잖아요?"

"부탁을 하면 거절하기가 쉽지 않아요. 계속해서 여러 번 간절하게 부탁을 하면 어쩔 수가 없다니까요. 마음이 약해지죠." 조율사가 말했다.

21

프리마돈나 여솔의 일정은 늘 빠듯했다. 여솔은 공연이 열리는 오페라극장에서 가장 가까운 호텔 프레지덴셜 스위트룸에 주로 머물렀다.

존 안드레오티는 여자의 마음을 잘 아는 남자였다. 존은 여솔의 피로를 말끔히 풀어주기 위한 안마사를 자처했다. 처음 그의 손길이 닿을 때는 안마사의 손이었지만 시간의 흐름에 따라 그의 손은 차츰 애무로 바뀌었다. 그는 기회를 놓치지 않고 여솔의 귀에다 이탈리아어로 속삭였는데 마치 여왕 디도를 유혹하는 아이네아스의 숨결 같았다.

존을 육체적으로 사랑한 여자들은 약속이라도 한 듯 모두 그를 떠났다. 그래서 존이 여솔을 만날 즈음 존은 진정한 사랑은 없다 여겼고 여솔을 진정으로 사랑하고 있다는 사실도 인정하지 않았다. 그의 의식은 사랑을 부정하도록 훈련되어있었다.

두 시간에 걸친 정사의 여운이 채 가시기도 전에 존 안드레오티는 여솔의 이마에 키스를 하고는 욕실로 갔다. 존이 샤워를 하는 모습을 반투명 유리를 사이에 두고 바라보던 여솔에게 여름과 김빛의 실루엣, 두 사람이 다정하게 대화를 나누던 그 장면이 갑자기 떠올랐다. 처음에는 그림자에 불과했지만 지금 다시 불쾌한 감정으로 꿈틀거리며 되살아났다. 여솔은 무심히 스쳐 지나고 싶었다. 그러나 여름과 남편 김빛과의 사이에 무슨 일이 벌어지고만 것이라는 예감은 점점 확신으로 바뀌어갔다.

존 안드레오티가 머리의 물기를 훔치며 다가왔을 때까지도 여솔은 생각에 잠긴 채 아무 말도 할 수 없었다.

"메트로폴리탄 오페라하우스 공연은 예정대로 진행될 거야. 이렇게 프리마돈나가 나와 함께 있으니 안심이지만 말이야."

"내가 마치 당신이 소유한 아울로스 피리인양 말하는 군요."

"물론 여솔은 최고의 피리, 아울로스지. 소중히 다루어야하고 보관하기에 무척 까다롭긴 하지만 말이야."

"때로는 당신이 직접 악기를 연주하는 무례를 범하기도 하고요?" 여솔이 살짝 눈을 흘겼다.

"<토스카>를 할 때면 언제나 긴장이 돼요." 여솔이 말했다.

"염려 말아요. 지금껏 잘 해왔잖아. 당신은 매력적인 눈동자를 가지고 있어요. 그 누구도 흉내 낼 수 없는 목소리, 난 언제나 황홀해." 안드레오티의 말은 진심이었다.

여솔은 존 안드레오티에게 자신을 대신해 한국에 다녀와 달라고 부탁할 기회를 엿보았다. 이런 일을 하기에 그보다 더 적당한 인물은 없을 터였다. 그는 교활하고 임기응변에 능한 사업가였다. 여솔은 그를 이용하기로 마음먹었다. 여솔은 도우미 김미래도 신뢰하지 않았다.

"지난번 한국방문 때 빠뜨린 게 있었어요. 내가 직접 한국에 다녀와야겠지만 <토스카>공연에 차질이 생길 거 같아서 당장 달려갈 수가 없어요." 여솔이 말했다.

존 안드레오티의 눈동자는 푸른색이었다. 그의 눈은 아름다웠다. 여솔이 가끔 그를 사랑한다는 착각에 빠지는 이유였다.

존 안드레오티도 여솔을 진심으로 사랑할지도 모른

다는 감정의 늪에 빠졌다. 방금 섹스를 끝낸 여인의 얼굴과 말투는 존 안드레오티로 하여금 그녀가 어떤 부탁을 해도 거절할 수 없게 만들었다.

"내게 비밀이 있어요. 징크스에요. 공연 때 김빛의 행커치프를 지니고 있어야 안심이 돼요."

"삼손의 머리카락 같은 건가?" 존이 물었다.

"언제나 성공적이었죠."

"그렇담 우편으로 보내달라고 해도 될 텐데?"

"김빛이 몰라야 하죠."

"그것도 징크스의 일부라는 말이군."

존 안드레오티는 잠시 생각에 잠겼고 곧 낭패감에 빠졌다. 그가 말했다.

"그럼 어쩔 수 없이 내가 다녀와야겠군."

"감사해요."

존은 여솔의 남편 김빛에게도 관심이 있었다. 그는 세계적으로 이름이 널리 알려진 피아니스트였다. 그와 함께 일할 수 있는 기회를 잡을 수 있다면 등 떠밀려 가는 갑작스러운 한국행도 그다지 손해가 되는 장사가 아닐 거라는 계산을 했다.

여솔은 김빛과 여름에게 무슨 일이 일어나고 있는지 궁금했다. 한 번도 틀린 적이 없는 자신의 육감이 가리키는 손끝을 따라가서 진실을 파헤치고 싶은 욕구에 이끌렸다. 이상하게도 존과 함께 있을 때면 여름과 김빛의 다정한 모습이 실루엣으로 떠오르는 것이었다. 존과 키스할 때, 존과 포옹할 때 그리고 존과 섹스할 때마다 김빛과 여름, 그들 두 사람의 그림자가 여솔의 눈앞에 어른거렸다.

아직 동이 트기 전이었다. 오늘따라 존 안드레오티는 서둘러 돌아가지 않았다. 질투에 불타는 여인은 아름다웠다. 존은 가운을 다시 벗어던졌다. 섹스의 횟수가 거듭될수록 시간은 점점 더 길어졌다. 여솔은 절정을 가장할 필요가 없었다. 그녀는 끊어질 듯 불규칙하게 호흡을 이어갔다. 사랑하지 않고도, 또는 진실하지 않아도 섹스할 수 있는 호모사피엔스의 본래 모습이었다. 여솔이 그의 몸 위에서 허리를 움직임에 따라 그는 얼굴을 일그러뜨렸다. 존 안드레오티의 절정을 참는 얼굴에서 여솔은 자신이 그에게 무척 중요한 사람이 된 느낌이었다. 마지막으로 그의 얼굴이 토마토처럼 빨갛게 부풀어 올랐고 몸이 경련을 일으켰다.

존은 호텔 방을 나가기 전에 여솔이 잠든 척 한다는 것을 알고 그녀의 이마에 키스했다. 특유의 향수 냄새가 점점 멀어져가자 여솔은 이제 그가 한국의 저택에서 벌어지고 있는 상황을 직접 살피고 돌아올 날만 기다리면 된다는 안도감에 젖었다.

존이 호텔방을 나간 뒤에 여솔은 여름에게 톡을 보내는 것을 잊지 않았다.

'존 안드레오티가 갈 거예요. 한국을 방문하는 동안 저택에 머물라고 했어요. 고마운 분이기도 하고 늘 친절하죠. 도우미 김 여사에게 식사도 부탁해 두어요.'

임차인 여름이 고개를 갸웃거렸다. 한편으로는 귀찮다는 생각도 했다. 하나둘 식구가 늘어가는 것이 저택의 관리인으로서 달갑지만은 않았다. 도우미 김미래가 존 안드레오티라는 이방인의 방문을 반길 리가 없고 평소에도 세상을 모두 잃은 것 같이 우울한 그녀의 얼굴이 더욱 어둡게 변할게 두려웠다.

여름은 조율사 표정이 좀 더 자주 집에 와 주기를 바랄 뿐이었다. 이상하게도 도우미 김미래 씨는 표정이 나타나는 그 순간만큼은 나쁜 꿈에서 깨어난 듯 명랑 소녀로 변했다. 그녀는 평소에 거의 말이 없고 한 공간에 거주하면서도 여름에게 눈길조차 주지 않았다. 김미래는 마치 그림자처럼 움직였다. 여름은 가끔 그녀에게 발이 있는지 의심스러웠다.

"인기척을 좀 하세요. 놀라잖아요." 여름이 가슴을 쓸어내리며 이렇게 말했다.

그녀는 항상 흰 양말을 신었고 롱 스트레이트 펌 머리에다 흰 드레스를 즐겨 입었다. 여름은 거실이나 다이닝룸, 집안 한 귀퉁이에서 그녀와 우연히 마주칠 때마다 깜짝깜짝 놀라는 버릇이 생겼다.

그럴 적마다 김미래는 손으로 입을 막고 보이지 않게 미소를 지었는데 그녀는 여름이 소스라치며 놀라는 모습을 은근히 즐기는 것 같았다.

"불만이 있다면 말씀을 하세요."라고 김미래에게 말하는 것도 효과가 없었다. 여름은 말이 없는 사람과 함께 살아간다는 것이 얼마나 힘든 일인지 그녀를 통해서 새삼스레 알게 되었다.

'말을 하고 있잖아요. 당신에겐 들리지 않나요?'

김미래는 가난한 자의 호소에는 아무도 귀를 기울이지 않는다는 것을 알고 체념을 한 것이었다.

조율사 표정은 달랐다. 그는 김미래가 말을 하기도 전에 그녀가 무엇을 원하는지 알고 있었다.

김미래가 원하고 여름이 알지 못해 답답해하는 것은 다름 아닌 따뜻한 위로였다.

22

 장대비가 내리는 날이었다. 검회색 장막을 뚫고 존 안드레오티가 저택에 나타났다. 도우미 김미래와 여름이 갑자기 나타난 낯선 이에게 경계의 눈빛을 보내자 처음에는 약간 멋쩍어했지만 그는 특유의 친화력을 발휘했다. 존은 누구에게나 스스럼없이 말을 걸었다. 그는 속마음을 숨기기에 편리한 작은 눈을 가진 사내였다. 말을 할 때에도 상대와 시선을 마주치지 않았다. 사르트르의 소설 <구토>에 등장하는 드 롤르봉 후작처럼 그는 비밀스럽고 신비스러운 인물이었다.
 낯선 시간과 공간에 적응한 그는 오랫동안 놓여있던 거실의 테이블이나 의자처럼 모두에게 친숙한 인물이 되었다.
 "<초절기교 연습곡>은 피아니스트를 행복하게 만들

어요."

아침 식사 후에 커피를 마시는 시간이었다.

아무런 대답이 돌아오지 않자 그는 다시 지껄였다.

"어제 밤 연주는 특별히 좋았어요."

존 안드레오티는 스스로가 김빛이 좋아하고 흥미를 가질만한 화제를 꺼냈다고 생각했다.

"무슨 말이에요? 난 연주를 하지 않았어요." 김빛이 말했다.

"그럼 누가 연주를 했단 말인가요?" 그가 되물었다.

"임차인, 여름 씨가 가끔 연주를 해요. 그녀는 화가이고, 바이올리니스트이지만 피아노도 연주하죠."

존 안드레오티는 김빛이 세계적인 피아니스트라는 사실은 익히 알고 있었다. 존이 바쁜 시간을 쪼개어 한국에 온 또 다른 이유였다.

'김빛의 연주가 아니었다니!'

존은 잠결에 피아노 연주를 들었다. 김빛의 명성이 괜한 것이 아니었다며 감탄을 했다. 존 안드레오티는 오늘 아침, 그것이 임차인이자 관리인, 여름의 연주였다는 뜻밖의 사실에 또 한 번 놀랐다. 존이 섣불리 단언하기에는 이르지만 아마추어의 연주라고하기에는 지나치게 완벽했다. 김빛의 연주로 착각할 정도였다. 장사꾼 존 안드레오티의 뇌파가 요동쳤다. 존은 여름이 누구인지, 그녀의 존재에 대해 의문이 생겨났고 그녀를 선입견 없이 바라보자, 라고 스스로에게 명령했다.

바로 이때 여솔이 말한 김빛의 행커치프가 어쩌면 여름이라는 세입자와 관련이 있을지도 모른다는 예감이 존의 뇌리를 스쳐갔다. 존은 여솔이 말한 징크스로서의 행커치프를 곧이곧대로 믿지 않았다. 그녀가 무언가를 숨기고 있으며 그것이 그녀를 온통 사로잡아 앞으로 있을 오페라공연을 망치게 할 수도 있을 거라는 염려를 했을 뿐이었다. 존은 이제 그 행커치프의 아주 작은 실마리를 잡은 기분이었다.

김빛과 여름은 함께 살고 있었고 여름이 여솔의 자리를 대신하고 있었다. 여름에 대한 그의 관심은 얽히고설킨 그물망처럼 복잡하게 폭을 넓혀가고 깊이까지 더해 갔다.

다른 한편으로 존 안드레오티는 머지않아 여름이 피아니스트이자 바이올리니스트로서 새롭게 탄생을 하고 자신의 음악적 식구가 될 수도 있을 거라는 성급한 결론을 내리기에 이르렀다. 존은 행커치프라는 한 마리의 토끼가 아니라 김빛과 여름이라는 두 마리, 아니 세 마리 토끼를 동시에 잡을 수 있겠다는 희망에 부풀었다. 존의 입가에 의미심장한 미소가 흘렀다.

'그녀는 바이올리니스트인데 피아노까지 연주한다.

더욱이 그녀의 재능은 김빛의 그것과 우열을 가리기 힘들다!'

"좋은 아침이에요,"

여름이 다가오며 인사를 했고 존은 밝은 햇살에 흰 피부가 도드라지는 그녀의 이마를 보았다. 이제 그녀는 존에게 키가 1미터 75센티나 되는 커다란 의문부호였다.

"5번곡 <도깨비불>이었죠? 정말 훌륭했어요." 존이 여름을 향해 물었다.

"제게 영감을 주는 곡이에요." 여름이 대답했다.

그녀의 천재성을 확인한 존이 다음으로 해야 할 행동은 너무도 자명했다. 그녀의 실력을 다시 한 번 가늠해보고 싶었다.

"6번곡 <환영 Vision>을 들어볼 수 있을까요? 웅장하고 때로 근심으로 가득 찬 우수를 느끼고 싶을 때가 있죠."

"지금이 바로 그때란 말인가요? 음악에 대해서라면 우린 이미 친구가 되었네요." 여름이 말했다.

"그렇군요. 제 소개를 먼저 해야겠어요."

"존 안드레오티, 당신이 누군지는 이미 알고 있어요."

여름은 그가 야성과 꾸며낸 친절을 동시에 가진 인

물이라고 파악했다.

여름의 가슴골이 존 안드레오티의 시선을 끌었다. 피부가 눈처럼 희다고 생각했다. 존이 약간 당황해서 시선을 돌리며 헛기침을 했다.

"난 직업적으로 이야기하는 겁니다. 당신의 재능을 발견하게 된 것만이 중요하고 서로에게 행운이 될 테니까요." 존은 여름의 경계심을 풀어주려고 애썼다.

"지금은 피아노를 연주하고 싶지 않아요. 당신 앞에 서라면 더욱이 그래요. 누군가에게 평가를 받는다는 건 유쾌한 일이 아니에요. 더욱이 난 음악적 커리어에는 아무런 관심이 없어요."

"당신은 세입자이기도 하고요?" 존이 별 뜻 없이 한 말이었지만 빈정대는 투로 들릴 상황이었다. 존은 금방 후회를 했지만 경험에 비추어 한번 쏜 화살은 결코 다시 돌아오지 않았다. 존은 각오를 하고 여름의 다음 말을 기다렸다. 여름이 뾰로통해져서 말했다.

"자신의 일에나 집중하시는 게 좋을 것 같아요. 이 집의 주인이자 임대인 여솔이 당신에게 이 곳에 머물도록 배려한 이유가 있을 텐데요?"

"물론 그래요. 한국에서의 공연기획을 검토하기 위해서죠." 존은 이렇게 둘러댔다.

"하지만 뜻밖의 행운이 기다리고 있을 줄은 몰랐어

요. 어젯밤 운명처럼 저의 영혼을 일깨우는 <초절기교 연습곡>이 들려왔죠."

여름은 바이올린과 피아노가 태어나 처음으로 손에 쥔 장난감이었다거나 어릴 적 바이올린 활로 친구들과 칼싸움을 하며 놀았다는 이야기를 굳이 꺼내지 않았다.

"생활의 일부인 그것들을 남에게 들려주고 인정을 받아야하나요? 왜 그래야하죠? 난 오히려 화가가 되고 싶어요."

존 안드레오티는 동의한다는 의사표시로 어깨를 한 번 으쓱했다.

"난 단지 여름 씨가 <도깨비불>을 많은 관객들과 나누었으면 좋겠다는 거예요."

"알았어요. 하지만 지금은 바게트를 먹고 커피를 마시는 시간이에요."

무심결에 여름과 존의 대화를 엿들은 김빛은 존이 자신과 같은 생각을 하고 있다는 데 놀랐다. 김빛 역시 여름이 화가가 되는 것도 좋지만 바이올린과 피아노를 계속하도록 그녀를 설득할 기회를 엿보고 있었다.

한편으로 김빛은 존 안드레오티에 대한 증오심을 억누르려고 애를 썼다. 존 안드레오티에 대한 미움이 이

성의 틈바구니를 비집고 삐죽이 모습을 드러내는 순간을 경계했다. 어제만 해도 김빛은 그가 2층 난간에 기대어 아래를 내려다보고 있을 때 그를 밀어 아래로 떨어뜨리고 싶은 충동을 가까스로 억눌렀다. 김빛은 위스키를 보관하는 지하창고 입구 문을 튼튼한 자물쇠로 잠그고 열쇠를 계곡에 버렸다. 그는 칼 위에 선 기분으로 하루하루를 보냈다. 김빛은 존 안드레오티를 해치우고 나서 닥쳐올 시련가운데 영어의 몸이 되어 더 이상 연주를 할 수 없게 되는 상황이 가장 두려웠다. 그런 공포가 그의 충동적인 돌발행동을 막는 결정적인 역할을 했다. 인간 때문에 예술을 포기할 수 없다는 결심은 그로서는 너무나 당연한 결론이었다.

존도 가끔 등 뒤에서 자신을 바라보는 김빛의 서늘한 시선을 느꼈다. 김빛을 경계하고 관찰하는 동안 그가 임차인이자 관리인 여름에게 특별한 눈길을 보낸다는 것을 알게 되었다. 여름도 말이나 행동을 하기 전에 미리 김빛에게 동의를 구하는 눈길을 보냈다.

'저택의 임차인 여름과 김빛은 어떤 사이일까?' 존은 이런 생각을 하다가 하마터면 뜨거운 커피에 입을 데일 뻔했다. 존 안드레오티가 무릎을 치며 일어났다. 행커치프의 정체를 알 것 같았다. 여솔이 그를 한국으로 보낸 이유는 김빛과 여름의 관계를 의심한 여솔이 제3

자인 자신의 눈을 통해 객관적으로 두 사람을 관찰하 겠다는 기획, 바로 그것이었다.

이제 존은 김빛과 여름 두 사람이 이미 깊은 관계이 며 그것으로 인해 여솔이 오페라를 망치게 될 것을 염 려하기에 이르렀다.

다음날 아침 식탁에서 여름을 다시 만난 존이 말했 다. "오늘도 여름이 연주하는 <환영 Vision>를 듣는 것은 포기해야겠군요. 하지만 난 또 다른 이유로 이미 여러 번 환영을 본 것 같은 기분입니다."

"저도 유감이에요. 머무는 동안 편하시길 바랄게요. 임차인인 저로서는 해드릴 게 이런 인사밖에 없어서 죄송해요."

그녀가 사라진 다음 김빛이 나직이 존에게 말했다.

"나도 존과 같은 생각을 했어요. 그녀의 연주는 대 단합니다."

"시간은 많아요. 재촉할 필요는 없어요. 기다림의 미 학이랄까요. 여름은 결국 재능이 명령하는 길을 따라 갈 겁니다." 존은 여름이 결국 자신이 누구인지 알게 되고 운명처럼 연주자의 길을 걸어가게 될 것이라고 확신했다.

창 너머로 정원에서 애완견 보더콜리와 원반을 던지 며 놀고 있는 여름의 모습이 보였다.

"여름은 나름의 곡 해석을 하고 느끼는 대로 본능적으로 표현해요. 그녀만의 장점이랄까요." 김빛이 말했다.

"그런데 당신은 그녀를 사랑하나요?" 존이 불쑥 물었다.

김빛은 존의 갑작스런 질문에도 당황하지 않았다.

그는 잠시 아무 말도 하지 않고 존의 눈을 바라보았다.

'행커치프!'

그는 마음속으로 부르짖었다.

존 안드레오티는 옷장과 재킷주머니 등 이곳저곳을 샅샅이 뒤졌지만 발견하지 못했던 행커치프를 지금 이 순간 똑바로 바라보며 인식하였다. 그리고 그 행커치프를 향해 '안녕'이라고 인사했다. 그것은 치명적인 이미지였다.

"하지만 난 여름과 당신이 포옹을 하거나 키스를 하는 모습을 본적이 없어요."

"우린 서로 사랑하는 것 외에는 아무 짓도 하지 않아요(당신과는 다르죠)."

"더 나쁘거나 지독하군요. 그냥 육체적인 유희라면 좋을 뻔했어요."

존의 이 말에 김빛은 그의 얼굴에 주먹을 날릴 뻔했

다. 김빛은 가까스로 참았고 두어 번 크게 심호흡을 했다.

 존이 보기에 김빛은 행커치프에 대해서는 전혀 개의치 않는 듯 했다. 김빛이 잠시 고개를 갸웃거렸다는 것도 존의 생각일 뿐이었다.

 존 안드레오티의 입장에서 다소간 의아한 것은 자신과 여솔의 관계와는 달리 김빛이 여름을 오직 마음을 다해 사랑한다는 점이었다. 그런 김빛의 태도와 행동은 몸의 언어에 대하여 스스로 많이 알고 있다고 자부하며 실제로도 무척 경험이 많은 존 안드레오티로서는 정말 이해할 수도 없고 이해하고 싶지도 않은 바보짓이었다.

 한편 김빛은 존 안드레오티가 비즈니스를 끝내고 하루 빨리 떠나주기만 바랐다.

 '행커치프라니?'

 김빛은 존 안드레오티가 지나가는 말처럼 던졌던 아리송한 그 말을 되새김질했지만 오래 마음에 간직하지 않았다.

 김빛은 여름과 같이 있는 시간이 좋았다. 김빛이 피아노에 열중하는 동안 여름은 캔버스에 유화를 그려내었다. 김빛과 여름은 서로를 위해 아무 것도 하지 않았지만 시간이 멈춘 것만 같은 그 순간, 김빛의 마음은 따스해졌다.

 이방인 존 안드레오티는 김빛의 여름을 향한 은밀하나 활발한 마그마를 감지했다. 앞으로 자신이 해야 할 행동을 결정하는데 오랜 시간이 걸리지 않았다. 존 안드레오티는 마음속으로 다짐을 했다.

 '나는 아무 것도 보지 않았으며 알지도 못해.'

 이것이 바로 존 안드레오티가 여솔에게 전달해야할 완전히 왜곡된 행커치프였다.

 사업가로서의 그의 경험은 김빛과 여름이 서로 사랑에 빠진 상황을 보고 들은 그대로 여솔에게 솔직하게 전달해서는 결코 안 된다고 충고해주었다. 존은 질투심으로 화가 머리꼭대기까지 난 여솔이 오페라 무대를 망치는 장면을 머릿속으로 그려보며 진저리를 쳤다.

 어느 날 여름은 김빛과 존 안드레오티 그리고 조율사 표정, 세 사람이 커피를 마시며 늦게까지 환담을 나누는 동안 김미래가 표정의 곁에 다소곳이 앉아있는 모습을 하나의 화폭에 담았다. 그들이 그랜드 피아노와 거실에 마구 뒹굴러 다니는 이젤을 비롯한 화구들 사이에서 오래도록 이야기를 나누었다.

 여름은 평화가 그들 안에 머물기를 바랐다.

 존 안드레오티는 한국에서의 일정을 접고 한시바삐 뉴욕으로 돌아가고 싶었다. 김빛과 여름은 타인의 시선에 아랑곳하지 않았다. 두 사람은 함께 음악을 듣고 산책을 했다.

"우린 거짓으로 행동하는 게 아니에요. 그러니 감출 것도 없겠죠." 여름이 말했다.

만일 존이 저택의 소유주, 여솔에게 보고 들은 것을 고스란히 전해준다면 큰 일이 벌어질지도 모를 상황이었다. 존 안드레오티가 보기에 김빛과 여름은 아무 짓도 하지 않았으며 또한 서로를 위해 모든 것을 하고 있었다.

여름은 제멋대로 행동하는 듯도 보였다. 여름은 존 안드레오티를 마치 없는 사람처럼 취급했고 존은 그녀의 그런 태도에 슬며시 화가 났다.

여름이 혼자 발코니에서 북한산의 석양을 바라보고 있을 때 존이 슬며시 다가가 말했다.

"여솔은 제게 김빛의 행커치프를 가져오라고 했어요. 그녀의 징크스 가운데 하나라고 말했죠. 여솔은 김빛의 행커치프를 몸에 지니고 무대에 오른다는 겁니다. 그래요, 단순히 생각한다면 누구에게나 징크스가 있을 수 있어요. 성공과 행운을 바라는 마음이겠죠?"

"인간의 불안이 만든 미혹한 신념이기도 하고요." 여름이 그의 말을 잘랐다.

"뜻밖의 수확이 있었어요. 여름 씨와 관련된 것입니

다."

"죄송하지만 난 당신의 그 뜻밖의 소득에는 전혀 관심이 없답니다."

여름의 말에 존은 약간 눈살을 찌푸렸지만 이내 웃음을 지었다.

"사람들은 간혹 자신이 누구인지를 모를 때가 있어요. 얼마나 소중한 것을 가졌는지 모른다는 얘깁니다." 존은 여름의 주의를 집중시키기 위해 잠시 말을 끊었다가 다시 이어갔다. 그러자 여름의 눈이 존을 바라보았다.

"아시다시피 난 수많은 연주자들을 만나고 헤어지기를 되풀이했어요. 그건 무얼 의미하는 걸까요? 만날 때는 그들이 이용가치가 있기 때문입니다. 존경심은 덤이에요. 물론 헤어질 때도 나름의 이유가 있죠."

존은 말을 멈추고 크게 숨을 내쉬었다.

"어느 듯 나는 천재를 알아보는 혜안을 가지게 되었다는 말입니다. 그런 안목과 식견을 인정받아 오늘날 이 자리까지 올 수가 있었어요."

존은 그녀에게 생각할 수 있는 시간을 주는 것이 그가 백 마디의 말로 설득하는 것보다 낫다고 생각했다. 존은 지나치게 스스로가 내린 결정을 신뢰하는 경향이 있었다. 그리고 그의 정략은 늘 효과가 있었다. 여름의 눈동자가 흔들리는 것을 놓치지 않았다.

존은 산책을 하기위해 저택을 나왔다. 거리를 걸었다. 가로수가 유난히 많았지만 매연으로 그는 가슴이 답답했다. 그 순간 그의 뇌리를 스치는 불빛이 있었다. 괴기스러움, 두려움, 신비스러움이 뒤섞인 도깨비불이었다.

'왜 그걸 몰랐을까?' 여름은 여솔과 겹쳐지는 부분이 많았다. 높은 성역의 콜로라투라, 목소리가 같았다. 투명한 눈동자, 반항기 있는 입 꼬리, 그리고 무엇보다 '여'라는 라스트 네임. 존 안드레오티는 또 다른 행커치프를 발견하고는 화가 치밀어 올랐다. 여솔은 존에게 자신이 여름의 언니라는 초보적인 정보마저 주지 않은 채 다만 김빛과 여름 사이에 흐르는 미묘한 분위기를 관찰하라는 명령을 내린 것이었다. 무시를 당한 느낌이었다. 여솔과 나누었던 대화가 생각났다.

"인생에서 신 레몬을 만난다면 레모네이드를 만들라는 서양속담이 있어요." 존이 말했었다.

"존, 당신에게도 그런 경우가 있었다는 말처럼 들리는군요?"

"물론입니다. 난 빈민가 출신입니다. 하지만 그게 전부에요. 내 운명을 극복하고 싶었어요."

"그리고 해냈고요?"

존이 고개를 끄덕였다.

그때 여솔이 이렇게 말했던 기억이 났다.

"나 역시 인생에서 시큼한 레몬을 만난 적이 있어요. 내겐 사랑하는 동생이 있지만 그 애는 내가 제 언니인줄 몰라요. 알면서도 모르는 척하는 걸까요? 기다릴 거예요. 말하기가 망설여져요. 이미 아물어 꾸덕꾸덕 딱지가 앉은 상처를 다시 건드리게 될까 두려워요."

존은 다만 지금 여솔이 곁에 있다면 이렇게 묻고 싶었다.

'사랑 없는 섹스와 섹스 없는 사랑가운데 어느 게 더 오래가고 지독할까?'

그녀는 이렇게 대답할 것 같았다.

'아마도 섹스 없는 사랑이 더 오래가고 지독하겠죠. 하지만 그 어느 것도 바람직하진 않아요.'

'당신과 나 그리고 김빛과 여름은 모두 바람직하지 않은 짓을 하는 겁니다. 여름과 김빛은 비교적 오래가고 지독한 사랑을 시작했어요. 이게 당신이 알고 싶은 행커치프겠지만 난 여솔 당신에게 아무 말도 하지 않을 작정이랍니다. 왜냐하면 난 레모네이드를 더 많이 만들어야 하거든요.'

존의 시야에서 북한산은 어둠속으로 사라졌고 산맥

과 허공이 맞닿은 곳에 곡선이 나타났다. 존이 한국에 온지 고작 일주일 정도가 흘렀지만 마치 몇 년이 지난 것 같았다.

"자연의 변화는 내게 아무 의미도 없어, 그건 날 조금도 달라지게 하지 않아, 필요한 건 성공뿐이지. 맨해튼에 나의 이름이 박힌 마천루를 소유하는 거야. 그러면 세상이 달라지겠지. 난 쉬지 않고 레모네이드를 만드는 위대한 존 안드레오티니까." 존은 이렇게 혼잣말을 했다.

양질의 레모네이드를 만들고 차곡차곡 저장할 수 있는 소중한 시간이 투자된 이상, 앞으로 프리마돈나 여솔이 제 역할을 해주지 못한다면 언제라도 그녀를 쓰레기통에 버릴 각오도 되어있었다.

23

존 안드레오티와 여솔이 톡을 하는 중에 여름이 연주하는 프란츠 리스트의 <초절기교연습곡>이 한국으로부터 태평양 건너편의 여솔에게 전해졌다.
"누가 연주하는 건가요?"
여솔의 물음에 존은 피아노를 연주하고 있는 여름의 모습을 휴대폰에 담아 그 영상을 여솔에게 보여주었다.
"여름이 연주하고 있군요. 정말 놀랍네요."
존이 사무적인 어조로 말했다.
"이제 당신 곁으로 돌아가야겠어. 유감스럽게도 당신이 원하는 행커치프는 발견하지 못했어. 김빛은 행커치프를 쓰지 않거나 연주가 끝난 뒤에 곧바로 버리는 게 분명해."

'존, 당신은 진실을 숨기고 있어요.' 여솔이 마음속으로 말했다.

"한 가지 말해 둘게 있어. 여름의 재능에 관한 것인데, 당신이 바로 조금 전 본 그대로야. 그녀는 아주 탁월해." 존이 말했다.

여솔도 여름의 재능을 세상에 알리기에 존 안드레오티만큼 적당한 인물은 없다고 생각했다.

"존 안드레오티, 당신이 지금 무슨 생각을 하는지 알아 맞춰볼까? 여름을 사사할 피아노 거장들의 이름을 떠올리겠지?"

"여름은 야생마나 같아. 그녀를 길들일 선생이 필요해."

여솔의 예상대로 존 안드레오티는 이미 여름을 이용할 계획을 세웠고 그녀를 행주처럼 쥐어짤 생각에 부풀어있었다.

여솔은 존과 통화를 끝낸 뒤 복잡한 심경으로 하루를 보내야했다. 존이 여름과 김빛 사이에 피어오르는 분홍빛깔의 안개를 애써 감추려한다는 것을 알고 나서 의심은 더욱더 깊어만 갔다. 여솔의 상상 속 행커치프는 엽기적이며 기괴한 형상이었다.

여솔은 복잡한 심경으로 무대에 올랐다. 원래 여솔의 김빛을 향한 사랑은 소유욕일 뿐이었다. 그러나 여름과 김빛 사이를 의심하는 순간부터 미치도록 김빛을 저주하기 시작했다. 몸과 마음이 따로 사랑을 구할 수 있는 권리는 '나'에게만 주어지는 것이었고 나 아닌 '너'는 결코 가질 수 없는 것이었다. 여솔은 자신을 돌아보지 않고 타인을 저주하는 비교적 손쉽고 편리한 방법을 선택했는데 그런 태도는 비범하다기보다 그저 보통의 인간인 여솔로서는 무척 자연스럽고 본능적이며 무의식적인 결정이었다.

존 안드레오티가 잔잔한 연못에 돌을 던진 후에 여러 가지 변화가 생겼다. 여름은 의식적으로 존 안드레오티를 피했다.

"난 누군가를 사랑하는 것은 잘못이 아니라고 생각하는 편이죠. 젊은 연인들이라면 더욱 그래요." 존은 거실에서 급히 곁을 지나치려는 여름에게 말했고 여름은 아랑곳하지 않고 다이닝룸 쪽으로 바삐 걸어갔다.

잠시 바깥 공기를 마시며 휴식을 취하던 김빛이 다시 돌아와 피아노에 앉으려는 순간이었다. 여름이 레모네이드를 쟁반에 받쳐 들고 두 사람에게 다가온 것은 순전히 김빛 때문이었다.

"난 미래를 짊어질 음악가를 발굴하는 일을 합니다. 그리고 나는 한국, 바로 이 저택에서 뜻밖의 행운을 잡았다고나 할까요. 사업가인 나로서는 피아니스트인 김빛 당신을 만나 우리의 사업에 대해 이야기를 나누는 것이 더 중요했어요. 비즈니스는 비즈니스니까." 존은 머릿속에 복잡하게 얽힌 생각들을 한꺼번에 풀어놓았다.

"하지만 말입니다, 자신의 일에만 지나치게 매달려 세상 모든 일에 무관심한 것도 바람직하진 않아요. 특히 아내에 관해서는 말입니다."

김빛은 존 안드레오티로부터 이런 충고를 듣는 상황을 상상해본 적이 없었다. 그의 도발에도 의외로 담담한 스스로에게 놀랐다.

김빛은 존이 말한 비즈니스의 소재로 적합할만한 화제를 꺼냈다.

"난 콩쿠르에서 우승했어요. 콩쿠르는 누가 가장 완성도가 높은지를 판단하죠. 어떤 의미에서는 참가자 모두가 부족하다는 점을 전제로 해요. 하지만 우승하고부터는 처지가 달라졌어요. 사람들은 콩쿠르 우승자인 나에게서 완성된 음악을 기대해요. 내가 완성의 표준이 된 거죠."

피아노의 거장, 김빛은 늘 큰 바위가 가슴을 짓누르는 중압감에 시달렸다.

"나는 시지푸스처럼 바위를 산꼭대기로 밀어 올리지만 바위는 내가 정상에 올랐다고 안심하는 순간 번번이 나락으로 굴러 떨어지고 말아요."

눈을 지그시 감고 김빛의 이야기를 듣고 있던 존이 번쩍 눈을 떴다. "그럼 이제 우리 모두의 고민을 정리해볼까요. 그래요, 백번 양보해서 김빛 당신은 완벽하지 않다고 해두죠. 하지만 나의 견해를 말한다면 김빛 당신은 오히려 지나칠 정도로 완벽합니다. 관객들은 인공지능로봇이 들려주는 정확한 기계음을 듣고 싶어 하는 게 아니라는 걸 당신도 아실 테죠? 감정에 좌우되는 인간, 관객은 그런 김빛의 사상과 감정마저도 고스란히 반영된 연주를 원하는 것 아닐까요?"

"난 나의 연주에 만족하지 못해요." 김빛은 너무나 결연했다.

김빛은 혼자 산책을 나갔고 한동안 돌아오지 않았다.

존 안드레오티는 여름을 설득하는 일에도 적극적이었다. 거래를 꼭 성사시키고 말겠다는 사업가의 집착이었다.

"여름에게 꼭 할 말이 있어요. 이건 농담이 아니에요. 나 같은 사업가에게 이런 순수한 감정이 생기기는 결코 쉽지 않아요. 난 천재를 알아보는 눈과 귀를 가졌어요." 존은 지치지도 않았다. 사업에 대한 그의 열정은 얼음도 녹일 기세였다.

여름은 반항하는 중이었다. 평생을 음악과 함께 산 아버지는 불륜을 저질렀다. 그러나 역설적이게도 여름은 그런 아버지를 가장 사랑했다. 여름이 세상을 알아보기 시작하였을 때 그녀는 아버지 품에 안겨있었고 사진속의 아기 여름은 늘 아빠와 함께였다.

아침식사를 마친 뒤 존이 그 잠시의 틈을 놓치지 않고 여름에게 말했다.

"당장 결정을 내리는 게 무리라는 건 알아요. 한 가지 부탁할 게 있어요."

이때 존은 약간 입가에 미소를 띤 것 같기도 했다.

"김빛의 행커치프가 되진 말아요. 그건 유쾌한 일이 아니에요." 존은 의도적으로 그녀의 민감하고 예민한 부분을 건드렸다.

여름은 그가 자신의 잘못을 지적하고 있다는 느낌을 받았다. 그 순간 그의 매력적인 제안 역시 물거품으로 변했다.

여름은 김빛을 영원히 떠날 수가 없었다. 잠깐의 헤어짐이 있을지라도 다시 만날 것이며 그를 영원히 사랑할 것이라는 이런 확고한 믿음은 어디에서 오는 것일까? 여름은 완성을 추구하는 김빛에게 연민을 느꼈다. 그 밖에 그를 사랑하는 다른 이유가 있을까? 그의 기량에 감탄했다. 여름이 다다를 수 없는 경지라고도 느꼈다. 그렇다면 경외심이 사랑으로 변한 걸까?

존은 여름의 눈동자가 이리저리 불안하게 움직이는 것을 보았다. 존의 회유와 설득은 집요하게 이어졌다.

"계획은 인간이 하지만 실행은 신의 뜻에 달렸다, 라는 성경 구절이 기억나는 군요. 하지만 선택하지 않는 인간에게 신이 할 일이 있을까요? 재능을 썩히지 말아요, 그거야말로 죄악이죠."

존 안드레오티의 유연하고 사람의 마음을 끄는 말의 비브라토에 그의 제안은 다시 여름의 머릿속에서 생기를 띠며 살아났다.

언제부턴가 여름이 존을 대하는 태도가 달라진 것을 김빛은 피부로 느낄 수가 있었다. 그리고 여름이 곧 자신의 곁을 떠나게 될 것이라는 불안감이 엄습했다.

여름은 그와 같은 공간에서 살아가는 사람이었다. 피아노, 테이블, 식탁처럼 늘 그의 곁에 있었다. 뜨거운 것이 목울대를 타고 올라왔다. 늑대5도의 부조화의 혼란이 그의 정신을 어지럽혔다. 그는 현기증을 느끼며 자신도 모르게 손바닥으로 피아노 건반을 짚었다. 거대한 느낌표와 마침표 같은 굉음이 거실 전체에 한동안 울려 퍼졌다. 뜬금이 없게도 이 순간 김빛은 아내 여솔의 존재를 깊이 인식했다. 언제든 떠날 수 있는 여름과 달리 아내라는 이름은 인간이 아닌 그 누군가가 만든, 풀 수 없는 매듭처럼 그에게 다가왔다.

  지금 김빛은 여름과는 전혀 다른 질량과 부피를 가진 아내와 여름을 동시에 천칭저울 위에 올려놓았다. 저울은 아내, 여솔 쪽으로 기울었다.

24

 존 안드레오티가 간파한 여름의 재능은 희토류였다. 여름은 꽃피울 수 있는 소중한 씨앗을 잉태하고 있었다.

 존은 여전히 여름을 설득할 기회를 엿보았다. 김빛이 여름과 헤어진다는 것은 하나뿐인 친구를 잃는 것이었다. 김빛은 존 안드레오티가 처음 저택에 나타났을 때의 불길한 기억을 다시금 떠올렸다. 김빛은 그녀의 앞길에 걸림돌이 되지 않겠다는 결심도 했다.

 존 안드레오티는 이른 저녁을 먹고 난 뒤 북한산을 바라보았다. 노을이 신비한 빛깔로 물들었다. 그때 불현 듯 그의 뇌리를 스치는 도깨비불이 있었다. 여름과 김빛이 각자 연주가로서 해외를 떠돌며 바쁜 나날을 보내게 되고 결국 서로의 거리가 점점 멀어지는 것,

바로 그런 상황이 여솔이 염원하는 또 다른 행커치프라는 불빛이었다. 존 안드레오티는 그 누구보다도 유능한 프로듀서였다. 존은 이미 여름을 대가로 키울 꿈을 가졌고 실행에 옮길 궁리를 했다. 존은 여솔의 치밀한 계략에 혀를 내둘렀다.

잠시 후 존과 김빛이 식탁에 단둘이 앉았을 때 김빛이 무겁게 입을 열었다.

"여름을 위해서는 좋은 일이죠."

"진심이길 바랄게요." 존이 말했다.

이때 대화에 끼어든 목소리가 있었다.

"제 일은 제가 알아서 결정해요. 난 그럴 나이가 되었어요. 물론 그럴 권리도 있죠. 분명히 말해두겠어요. 난 존 안드레오티의 제안에는 관심이 없어요." 여름은 단호했다.

여름은 저택을 떠나겠다는 결심을 한 적도 있었지만 지금 당장 떠나기는 싫었다.

다시 며칠이 흘렀다. 존 안드레오티는 뉴욕으로 돌아갈 날이 다가오자 초조해졌다.

"난 음악으로 표현 할 수 있는 것 이상의 아름다움, 나아가 그것마저도 초월한 신비스러운 것을 원해왔어요." 존 안드레오티는 자신의 모든 것이 허구일지라도 이것만은 진실이라고 확신하며 두 사람을 번갈아 바라보았다.

"여름을 위해 제가 할 수 있는 일은 많아요." 존은 진지했고 그런 배경에는 여름의 천재성에 대한 확신과 일말의 존경심이 깔려있었다.

이때 악마 루시퍼가 여름의 귀에 대고 속삭였다.

'넌 김빛과 함께 떠날 수도 있어.'

여름은 저택을 벗어나 자유롭게 김빛과 사랑을 나눌 수만 있다면 무엇이든 하겠다는 생각을 한 적도 있었다. 저택에 머무는 동안이라면 여솔에게 마음의 빚을 지고 있다는 구속에서 해방되기란 쉽지 않았다. 굴레를 벗어버리는 일, 여름이 움직일 때마다 목에 걸린 양심의 방울이 요란하게 딸랑대는 것을 막기 위해서 어느새 여름은 존 안드레오티의 제안을 받아들이는 쪽으로 점점 마음이 기울고 있었다.

여름은 바이올리니스트와 피아니스트, 그 모두를 아우르는 연주자가 되겠다는 꿈을 꾸어본 적이 언제였던지 그 기억조차 아스라했다.

"난 결심했어요." 여름이 스타카토로 말했다.

"존의 말대로 내가 재능이 있다면 말이에요, 김빛과 듀오가 되는 거라면 나쁘지 않을 것 같아요."

존이 받아들이기에는 그다지 좋은 제안은 아니었다. 존의 시선에 들어온 김빛은 비록 재능이 있다지만 그의 정신세계는 유약하고 아직도 혼란에 빠져있었다 시선이 다시 김빛에게로 모아졌다.

"내가 만족하지 못하는 연주를 관객에게 들려줄 수는 없다는 입장에는 변함이 없어요." 김빛이 말했다.

김빛은 나를 사랑하지 않는 거야, 라고 여름은 생각했다. 그러자 여름의 마음에 작은 소용돌이가 일어났다. 용기를 내어 말했다.

"김빛에게 조금 생각할 시간을 주세요. 그는 현명한 결정을 내릴 거예요."

김빛은 그녀가 화를 내고 있고 그래서 결국 자신이 여름이 원하는 대로 하게 될지도 모른다고 생각하기에 이르렀다. 하지만 김빛의 결정을 주저하게 만드는 결정적인 무엇이 그의 마음속에서 꿈틀거렸다. 바로 아내 여솔의 실루엣이었다. 여솔의 그림자가 거실에 일렁이는 공기에서, 창에 길게 드리워진 커튼 뒤에서 그리고 집안 곳곳에서 바로 지금 그 모습을 드러냈다.

"난 아직 관객들을 만날 준비가 되어있지 않아요." 이런 그의 말도 진심이었다. 김빛은 연주가 집밖으로 새어나가는 것마저 경계했다. 김빛은 얼마 전부터 그에게 그랑프리를 안긴 심사위원들의 안목을 의심하기에까지 이르렀다.

"나는 일단 뉴욕으로 돌아가겠어요. 하지만 포기한

것은 아니라는 점을 분명히 해두죠. 내가 겉만 번지르르한 연주자보다 여름처럼 실력 있는 연주자를 더 좋아한다는 말은 결코 거짓이 아닙니다. 김빛이 아직 대중들 앞에 나서기를 주저한다면 여름이 활동할 수 있도록 응원해주는 것도 나쁘지 않아요." 존이 말했다.

여름은 머리가 복잡했다.

존 안드레오티는 시시각각으로 변하는 여름의 얼굴에 신경이 쓰였다. 김빛을 바라보는 그녀의 눈빛이 예사롭지 않았다.

"난 존 안드레오티와 함께 떠나게 될지도 모르겠어요." 여름이 결심한 듯 마지막으로 말했다.

그러나 김빛은 여름이 저택을 떠나겠다는 말에도 아무런 반응이 없었다. 이런 행동이 결국 여름의 마음을 더 아프게 했다.

세 사람은 저마다 다른 생각에 빠져 있다가 각자의 침실로 갔다.

한밤중이었다. 적막을 깨는 피아노 소리가 들려왔다. 분명 김빛의 것이었다. 그것은 멀리서 그리고 아주 가까이에서 들려왔다.

연습도중에 잠시 휴식을 취하며 김빛은 낮에 존 안드레오티의 제안을 거절한 것을 후회했지만 아직도 스스로가 만족하지 못하는 연주를 관객들에게 들려줄 수는 없다는 입장에는 조금도 변함이 없었다. 그리고 여름이 존의 제안을 받아들이는 것도 바람직하다는 생각도 했다. 이로써 모든 것이 제자리를 찾은 것 같았지만 가슴에 커다란 바람구멍이 뚫린 것 같은 기분을 지울 수가 없었다.

며칠 뒤 존 안드레오티는 저택을 떠났다. 여름과 김빛은 그가 처음 왔을 때와는 달리 착잡한 마음으로 그를 배웅했다.

존은 아까운 시간을 버리면서도 손에 아무 것도 쥔 것이 없다는 사실에 아쉬워했다. 뉴욕으로 돌아가는 비행기 안에서 존 안드레오티는 한국에서 일어난 일들 중에서 여솔에게 말할 것은 아무 것도 없으며 혹시라도 여름과 김빛의 관계에 대해서 무의식중에라도 말이 튀어나오지 않도록 조심해야겠다고 다짐했다.

비행기 안에서 잠을 청하며 존은 뉴욕에 있을 때 여솔이 대화 중에 무심코 흘렸던 말을 떠올렸다.

"비록 내가 잘 돌보지 않더라도 그가 남의 반려조가 되는 것만은 참을 수가 없어." 당시로서는 전혀 맥락이 없었던 그 말의 의미를 이제야 알 것 같았다. 여솔은 그녀가 만든 새장을 벗어나 여름을 사랑하려는 김빛을 질투하는 것이었다.

존 안드레오티는 처음이자 마지막으로 김빛을 동정했다.

 존 안드레오티가 떠난 후에 김빛은 피아노를 연주하는 것 외에 거의 아무 것도 생각하지 않았다.
 만일 어쩔 수 없이 여름을 떠나보내게 될 경우에도 홀로 저택에 남아야겠다고 결심한 후부터는 한결 감정이 실린 피아노 연주가 거실 가득 넘실거릴 뿐이었다.
 김빛은 여름과의 사이에서 피어난 사랑의 감정을 계기로 저택을 더 이상 낯설고 이상한 곳이 아닌 자신의 둥지로 여기게 되었다.
 존 안드레오티가 잔잔한 연못에 던진 돌멩이의 파문은 멀리 퍼져나가지 않았다. 여름을 비롯하여 저택의 식구들은 그가 떠나고 며칠이 지나자 존 안드레오티를 까마득히 잊어버렸다.

25

"귀벌레 증후군입니다." 신경과의사가 여름에게 말했다.

의사는 꼬마 유령 캐스퍼처럼 볼 살을 움직여 익살스러운 표정을 지었다.

"온종일 귀에 연주가 들린다고요?" 의사가 다시 여름에게 물었다. 그의 얼굴은 전체적으로 웃고 있었지만 눈매만은 날카로웠다.

"잠자는 시간을 빼고는 늘 음악이 들려와요."

"무슨 음악이죠?"

"마제파, 그래요! 요 며칠간은 마제파였어요." 여름이 대답했다.

"마제파라면 나도 알아요." 의사는 환자의 주의를 끌 수 있는 화제를 놓치지 않았다. 그는 의도적으로 과장되게 반응했다. 환자의 속마음을 남김없이 털어놓게 하려는 그의 이런 작전은 늘 주효했다. 그는 마제파를 음미하듯 잠시 눈까지 감았다. 그런 다음 이마주름이 깊어지는가 싶더니 번쩍 눈을 떴다.

"나도 귀벌레 증후군을 경험한 적이 있어요."

환자의 증상과 동일한 경험이 있다는 말은 상담의 효과를 배가시키는 효력이 있었다. 그는 계속 말을 이어갔다. 여름은 자신도 모르게 신경과의사의 이야기에 빨려 들어갔다.

"마제파는 피아노가 들려주는 오케스트라와 같은 향연입니다. 난 그렇게 느껴요. 피아노 한 대로 교향악과 같은 효과를 내는 거죠."

여름과 같은 주소지에 사는 김빛도 몇 년째 그의 환자였다. 고급 저택들이 즐비한 동네에 위치한 그의 병원은 저명인사들과 부유층 신경과 환자들로 넘쳐났다. 상대적으로 저소득층 지역에 비해 신경과 환자들이 훨씬 더 많은 기현상을 보였다.

의사는 며칠 전 김빛과의 상담내용을 떠올렸다.

"나는 아내를 사랑하고 내 곁에 있기를 바랐지만 아내는 늘 집 밖에서 나의 안부를 물었어요. '잘 있었어? 잘 자. 약은 먹었어?'라고 말해요. 그런데 말입니다, 어느 날 아내가 집으로 돌아왔어요. 좀 더 분명히 말하자면 자신의 분신을 내게로 보낸 겁니다."

　신경과의사는 지금 바로 앞에 앉아 있는 여름을 똑바로 보았다. 김빛이 여름에 대해서는 직접 말한 적이 없었지만 여름의 얼굴이 이미 모든 비밀을 이야기해주고 있었다. 그녀는 김빛의 아내, 프리마돈나 여솔과 쌍둥이라고 해도 될 만큼 닮은 모습이었다.

　'그래서 낯이 익었구나!' 의사는 깨달았다.

　'김빛이 일전에 말한 아내의 분신이 바로 여름이라는 환자였다니!'

　김빛의 아내 여솔은 콜로라투라 소프라노였다. 의사는 지금까지 그녀의 공연을 빼놓지 않고 섭렵했다. 지금 자신의 앞에 있는 여름의 얼굴에는 분명 여솔이 있었다. 목소리까지 닮았다.

　김빛과 여솔의 저택은 대중들에게도 잘 알려져 있었다. 두 사람이 막 결혼을 했을 무렵, 김빛과 여솔이 둥지를 튼 바로 그 곳에서 하우스 콘서트가 열렸다.

　"여름 씨의 귀벌레 증후군에 대해 다시 이야기를 해보죠. 주로 어떤 음악이 들리나요? 마제파라고 했죠, 그리고 또 다른 음악은?"

　"몇 가지 음악이 반복적으로 들려요. 사방이 조용해지면 더욱 심해요."

　"주로 피아노 연주곡들이고요?"

"맞아요. 라흐마니노프 피아노 콘체르토와 프란츠 리스트의 초절기교 연습곡이에요."

"나의 견해로는 여름 씨의 증상은 이명과는 조금 다른 환청현상입니다." 의사가 말했다.

의사는 여름을 똑바로 보았다. 생기 있는 눈이었다. 호기심에 가득 찬 그 눈은 무언가를 갈망하고 기다리며, 약간의 기대가 충족되면 그 몇 배로 행복을 느낄 준비가 되어있고, 작은 자극에도 쉽게 실망에 빠지는 눈이었다.

"약을 처방해드릴게요."

여름은 의사가 통통한 손가락으로 키보드를 누르는 동작을 무심히 보았다.

"여름 씨의 뇌파 검사에서는 별다른 이상 징후가 발견되지 않았어요. 경미한 증상이니 너무 걱정하실 필요는 없어요." 의사는 단지 환자를 안심시키려는 의도 외에도 그녀를 낫게 할 자신도 있었다.

"일주일 뒤 다시 내원하시기 바랍니다. 경과를 봐야 하니까요. 그리고 수면제도 처방했으니 필요할 때 드세요."

신경과의사는 추측 가능한 몇 개의 경우의 수를 머릿속으로 그려보았다. 프리마돈나 여솔의 이미지가 김빛과 여름의 틈 사이를 비집고 신경과의사의 인식그릇

한가운데에 나타난 것은 바로 그 순간이었다. 김빛과 여름이 여솔이라는 존재로 인해 신경증을 겪고 있는 것이 아닌지 의심스러웠다.

'여솔은 김빛과 여름, 모두에게 공통으로 작용하는 중력이었다. 여솔은 항성인 태양으로서 지구인 김빛과 그 위성인 여름을 강력하게 끌어당긴다. 아니라면, 반대로 여름이 태양의 수백 배나 되는 큰 항성으로서 김빛과 여솔의 정신을 지배하는 걸까?' 의문이 꼬리를 물었다.

의사는 환자들이 모두 돌아가고 간호사들도 하나 둘 퇴근을 한 뒤에도 매일 다시 찾아오는 밤과 깊은 대화를 주고받았다. 환자들의 임상결과를 되돌아보고 나름의 답을 구했다. 밤이 찾아온 이상 이제부터는 서두를 필요가 없었다.

신경과의사가 돌아갈 곳은 사람의 온기가 없는 침대뿐이었다, 아이들이 미국으로 유학을 떠나자 아내는 아이들을 따라갔다. 10년 세월이 물이 되어 흘렀다.

아내는 말했다. "맹세해요, 당신이 나의 처음이자 마지막 남자야."

그녀는 의사가 세상에서 가장 사랑하는 아이를 낳았다. 그것으로 그녀는 의사의 존경과 사랑을 받을 자격이 있다고 생각했다. 그러나 왜 아내가 사춘기도 훌쩍 지나버린 아이들의 유학길에 따라나서야 했는지, 아이들이 대학을 졸업하고 성인이 된 후에도 돌아오지 않는지, 의문은 사라지지 않았다. 자녀들과 아내는 간혹 의사의 생일이나 명절에도 연락하는 것을 잊어버렸다. 언제부턴가 아내와 톡을 할 때에도 무의식중에 존댓말이 튀어나왔다.

김빛과 그의 아내 여솔도 태평양을 사이에 두고 떨어져 살아가고 있었다. 두 부부사이에 평행이론이 성립할까? 라는 물음에 의사는 그럴지도 모른다고 자문자답했다.

처음에는 혀끝만 살짝 적시는 위스키였지만 잔이 거듭되자 잔뜩 취해버렸다. 의사는 소파에 몸을 구긴 채 잠들었다. 그는 선잠 속에서 영혼을 뒤척이다 사막의 오아시스 같은 안식처를 발견했다. 그 안락한 둥지는 다름 아닌 그동안 그가 쌓아올린 교양과 지식, 강한 인내심 그리고 그 누구도 깨뜨릴 수 없는 고결한 자존감 등이었다.

그가 역경에 처했을 때마다 죽어라 매달렸던 대상을 향해 게슴츠레 눈을 떴다. 책상 위에 놓인 성모상이 눈에 들어왔다. 요안나 원장수녀가 베트남 라방 성지 순례를 다녀오며 선물로 사다준 것이었다.

의사는 숙원이었던 종합병원이 조만간 준공이 되면

그의 보금자리가 더욱 튼튼한 성이 될 것이라는 기대감에 부풀었다. 지금껏 살아오며 의사는 매번 이겨내기 힘든 도전을 받았지만 그 인생의 시련을 당당히 극복한 후에는 몇 배나 더 큰 선물을 받았다.

"모든 음악에는 저마다의 클라이맥스가 있어요. 하지만 여름 씨가 환청으로 듣는 음악에는 절정이 없을 거예요. 기쁨이나 감동도 없어요. 그건 음악이 아니기 때문이죠, 단지 환청이거든요." 의사가 상담 때 여름에게 말했었다.

"진정한 사랑이나 음악에는 생명력이 있어요. 살아 움직이는 거죠."

의사는 문법에 맞는, 그러나 생명력이 없는 음악이나 글을 혐오했다. 가식과 미움을 완전히 제거한 순금의 예술을 사랑했다. 그래서 확신에 차서 말했다.

"미워하면서는 아무 것도 할 수가 없어요. 혹시 자신도 모르게 누군가를, 과거를 또는 무언가를 미워하고 있는 건 아닌지 생각해보아요." 의사가 의심의 눈초리로 여름을 보았다. 바로 미움이 인간의 정신을 갉아먹는 주범이라는 것이 의사의 진단이었다.

"여름 씨에게 잘못한 이들과 그동안 여름 씨에게 닥쳤던 억울하고 나쁜 상황을 용서해야 합니다."

의사는 자신의 인생에서 클라이맥스는 아직 오지 않

았다고 생각했다. 아직도 그의 앞에는 넘어야할 높은 산봉우리가 있었다. 의사는 여름 역시 자신처럼 시련을 극복하기를, 남을 용서하기를 바랐다. 그러나 이런 그의 우려가 단지 착각이었다는 것을 여름의 대답으로 알았다.

"난 그 누구도 미워하지 않아요. 피아노의 거장인 김빛이 그가 갈망하는 소리를 갖게 되기를 간절히 바랐어요. 그것뿐이에요. 나는 그가 원하는 소리를 상상했어요. 그건 환청이 아니었어요. 똑똑히 들렸으니까요. 음악은 나의 가슴을 울렸고 온 몸에 소름까지 돋았는걸요."

여름의 그 말이 벌레소리처럼 웽웽거리며 의사의 귓전을 맴돌았다.

26

　공항에 마중 나온 여솔의 시선을 피하며 존이 말했다.
　"한국에 가지 말 걸 그랬어. 아무 소득이 없었으니 말이야."
　여솔은 지난밤에도 도우미 김미래 씨로부터 김빛과 여름이 차속에서 함께 밤을 지새웠다는 내용의 톡을 받았다.
　존이 문득 생각이 났다는 듯 말했다.
　"표정이라는 남자, 그 조율사말이야. 정말 이상한 사람이었어. 도깨비 같다고나 할까. 저택에서 벌어지는 모든 일을 조율하며 식구들의 머리카락 하나까지 모두 세고 있다는 착각이 들 정도였어." 존은 딴 소리를 늘어놓았다.

여솔은 그동안 돈만 밝히는 김미래 씨가 미덥지 않았지만 이번 일을 계기로 그녀를 오히려 더 믿게 되었다.

존 안드레오티가 한국에서 벌어지고 있는 김빛과 여름의 밀월을 감추고 있다고 생각한 여솔은 자신이 직접 한국에 다녀와야겠다고 결심했다.

존 안드레오티는 어색한 분위기를 바꾸려고 쾌활하게 말했다.

"내가 없는 동안 밤의 여왕을 완벽하게 소화해낸 당신이 자랑스러워. 나는 여왕의 명령을 받들어 새잡이, 파파게노 역을 충실히 수행했고 말이야. 하지만 여자친구와 멀어진 새잡이는 외로웠어." 존은 여솔에게 다가가 허리를 안으며 키스하려했지만 여솔은 그를 가볍게 밀어냈다.

"당신이 새잡이 파파게노였나요? 저택에는 왕자 타미노와 공주 파미나가 살고 있었죠, 그리고 대사제 자라스트로, 그의 또 다른 이름은 조율사 표정이에요. 이제 진실을 말해 봐요. 당신이 알아낸 것은 뭐죠? 조율사 표정에 대해서라면 당신이 굳이 감출 것도 없잖아요. 그는 조율사이며 김빛의 정신적 지주 역할을 해왔어요, 힘과 지혜의 자라스트로였죠. 그는 언제나 우리 식구들 주위에 있는 자였어요. 하지만 그는 실수를 저지르고 말았어요. 왕자 타미노와 공주 파미나가 불륜을 저지르는 것을 방관했던 거죠. 그는 왜 그런 상황을 미리 조율하고 막지 않았던 걸까요? 나는 그를 믿었는데 말이에요. 경기가 끝날 때가지는 규칙만 정해둔 채로 그라운드에서 뛰는 선수들을 그냥 지켜보기로 한 걸까요?" 여솔은 복음서의 '가라지의 비유'에 빗대어 말했다.

존 안드레오티는 여솔이 이미 김빛과 여름의 관계를 알고 있다는 점에 놀랐지만 짐짓 모르는 척했다. 그러나 존은 여름과 김빛의 관계에 대해 조금도 불미스럽다는 생각을 해본 적이 없었다. 존 자신과 여솔의 관계에 비한다면 저택의 타미노와 파미나는 진정한 사랑을 하고 있었다.

"복수심이 끓어올라요." 여솔이 속내를 감추지 못했다.

존 안드레오티는 잠시 눈을 감았다. 여솔이 이런 개인적인 사유로 충격을 받아 무대에 설수 없게 될 경우를 대비하여 그녀를 대신할 프리마돈나를 미리 머릿속으로 그려보는 중이었다.

존은 김빛을 향해 증오의 창을 던지는 여솔의 행위를 혐오했다. 정작 여솔이 자신과 함께 보낸 그 무수한 밤들은 무엇인가? 라고 반문하고 싶었다. 김빛은 여솔이 소유한 왕관앵무새라서 그는 어느 누구와도 사랑을 할 수 없다는 것일까? 엄밀히 말한다면 김빛과 여름은 아무런 잘못도 하지 않았다.

"여름은 누구죠?" 존 안드레오티는 이미 답을 알고 있었지만 여솔에게 창을 던졌다. 갑작스런 존의 질문에 여솔은 당황했다.

'여름이 누구였더라?'

여솔은 여름이 친동생이라는 사실을 잠시 잊었었다. 존의 물음이 여름이 그녀의 하나뿐인 혈육이라는 자각을 일깨웠고 그녀를 혼란에 빠뜨렸다.

아버지의 외도로 인한 가족해체의 아픔은 지금껏 여솔을 괴롭혔다. 지금도 어머니가 당시 아기였던 여름을 아버지와 새 여자에게 보내버린 행동을 이해를 할 수 없었다.

'자신의 혈육을 남의 손에 맡기다니, 도대체 왜?' 여솔은 어린 나이였지만 어머니가 미웠다. 그리고 그런 상황을 만든 아버지를 원망했다.

"여름이 당신의 동생이라는 걸 아는데 그다지 긴 시간이 걸리지 않았어." 존 안드레오티가 말했다.

"그녀는 임차인일 뿐이에요."

여솔의 입에서 사나운 말이 튀어나왔다. 무의식중에 말을 뱉고 나서 여솔도 놀랐다.

존 안드레오티는 여솔의 말투에서 여름과 김빛을 향한 살기를 보았다.

'인간은 이기적인 동물일까? 그래서 어머니는 자식도 버릴 수 있었던 걸까? 나도 바로 지금 또다시 동생을 버리고 있다.' 여솔은 동생을 부인하는 마음을 거울에 비추어보았다. 그러나 오직 주인만을 섬기는 거울은 여솔이 그다지 나쁜 인간이 아니며 누구나 그럴 수 있다며 오히려 여솔을 위로했다.

존 안드레오티는 여름을 세계적인 연주가로 키울 자신이 있었다. 자라스트로 성에 살고 있는 여름은 숨겨진 보석이었다. 존 안드레오티는 이미 여솔을 오렌지주스를 짜내듯 쥐어짜서 이용할 만큼 충분히 이용했다. 야릇한 미소를 짓는 존의 이상한 태도에 여솔은 고산지대를 처음으로 등반하는 사람처럼 두통과 무기력감을 느꼈고 커다란 공이 머릿속에 이리저리 굴러다니는 것 같았다.

'그가 또 무슨 음모를 꾸미려는 거야?'

여솔이 의아해하고 있을 때 존은 돌아섰다. 존 안드레오티의 발소리가 점점 멀어졌다. 여솔은 존의 태도에서 그와의 모든 비즈니스 관계를 청산할 때가 다가왔음을 감지했다.

김빛에게 복수를 하겠다는 생각을 하는 동안 지옥의

안내자 베르길리우스가 그녀를 바라보는 것 같은 섬뜩한 기운을 느꼈다. 그녀의 내면세계에 짙게 드리운 색다른 기운이었다. 그것은 이전에 보지 못했던 무겁고 칙칙한 색깔이었다.

'내가 이럴 자격이 없다는 거 알아. 하지만 네가 새장을 벗어나는 건 참을 수 없어.' 여솔이 마음속으로 절규했다. 그리고 그녀의 상상 속에서 김빛이 이렇게 대답했다.

'난 아무 것도 하지 않았어. 다만 여름을 사랑할 뿐이야.'

여솔의 머릿속에 파노라마로 김빛과 여름의 얼굴이 떠올랐다. 두 사람이 포옹을 하고 함께 잠자리에 드는 모습이 실루엣으로 나타나 여솔을 괴롭혔다. 여름과 김빛의 속삭임이 이명처럼 들려왔다.

여솔은 한국의 자라스트로 성으로 돌아갈 날을 손꼽으며 격정과 분노로 몸을 떨었다.

여솔은 존에게 메시지를 남겼다. 그녀는 물리적인 사랑을 성취하기위해 존의 몸을 원했다.

'빨리 이리로 와요, 만일 오지 않는다면 당신을 죽일지도 몰라.'

존 안드레오티가 읽고 있던 신문을 접고 일어났다.

사업가인 그는 섹스에도 무척 계획적이었다. 그는

전희 전 미리 시계를 보았다. 머릿속으로 메트로놈 박자를 세었다.

그에게 섹스는 서두르지 않고 차례로 음미해야하는 코스요리였다.

존은 천천히 차를 몰았다. 이윽고 여솔이 묵고 있는 호텔이 거인처럼 다시 그 모습을 드러내었다. 한 시간쯤 전에 호텔을 떠날 때와는 달리 몽환적 분위기의 건물이 밤하늘을 배경으로 오로라처럼 흐늘거렸다.

27

　자라스트로 성에서는 매일 피아노와 바이올린 소리가 성벽바깥으로 흘러나왔고 실내에는 물감 냄새가 미미하게 일렁거렸다.
　오늘도 김빛은 온종일 피아노 곁을 떠나지 않았다. 잠시 쉬는 시간에 김빛은 여름이 건네준 차를 마셨다. 긴장이 풀리자 그는 피아노에 엎디어 그대로 잠들어버렸다. 그가 깊은 잠에 빠져든 것을 확인한 여름은 실내계단을 따라 2층으로 올라갔다. 2층에도 두 대의 피아노가 나란히 놓여있었다. 여름은 연주를 시작하기 전 겨드랑이에 손을 넣어 굳은 손가락을 녹였다. 마음이 가는대로 <리스트의 12개의 초절기교 연습곡>을 연주하기 시작했다.
　김빛은 잠결에 연주를 들었다. 꿈결이었다. 또는 진

정한 잠이었다. 김빛은 의식의 한 귀퉁이로 스며들어 온 그림을 보았다. 그것은 하늘거리는 하나의 음률이었다. 그리고 가공할만한 밀도로 뭉쳐진 딴딴한 멜로디였다. 김빛은 꿈을 꾸고 있다고 생각했다. 그 소리는 바로 그가 지향했던 그림이었다. 김빛은 그의 감성을 일깨우는 그 천상의 음악에서 사상과 감정을 절제하고 효율적으로 발산하기 위한 강함과 여림의 미친 계략을 보았다. 여름이 창조해내는 음악 안에서 김빛의 시간은 멈추었다. 김빛은 소스라쳐 꿈에서 깨어났다. 이마에 식은땀이 흘렀다. 김빛이 원하던 바로 그 소리였다. 놀라웠지만 허탈감도 숨길 수가 없었다.

김빛은 2층으로 올라갔다. 천천히 여름이 있는 곳으로 다가가 두 대의 피아노중 나머지 비어있는 피아노에 앉았다. 인기척을 느낀 여름이 연주를 멈추었다. 김빛이 말없이 건반을 바라보고 있다는 것을 알았다. 창 밖에 추적추적 비가 내리고 있었다. 김빛이 생각났다는 듯 <라흐마니노프의 피아노 협주곡 2번>을 연주하기 시작하자 여름이 보조를 맞추어 오케스트라 파트를 연주했다.

여름은 즐거운 마음이었다. 김빛과 여름은 하나의 음악이었고 그의 연주에 동화되는 자신 또한 미지의 원소가 되어 김빛과 함께 만든 음향의 아득한 블랙홀로 빨려 들어갔다. 블랙홀의 반대편에는 기쁜 수고의 열매인 다른 차원의 세계가 펼쳐졌다. 김빛은 수많은 콘체르토 가운데 〈라흐마니노프 피아노 협주곡 2번〉을 선택했다. 그의 무의식은 라흐마니노프의 협주곡을 연주하는 것으로 오래도록 무력감에 젖은 자아를 구출하려고 애를 썼다. 그는 다시 일어서고 싶었다. 여름과 함께하는 순간, 김빛은 마르틴 하이데거의 《숲길》을 걸어가고 있었다. 나는 무엇이어야 하는가? 예술가이자 피아니스트인 나는 누구인가? 라고 자문했다.

 김빛이 걸어가는 하이데거의 숲에는 여름이라는 편백나무가 있었다. 그 나무가 다른 해충으로부터 스스로를 지키기 위해 내뿜는 물질인 피톤치드가 김빛에게도 건강한 기운을 나누어주어 그의 기분을 좋게 했다. 김빛은 모처럼 잡념을 모두 벗어던져버리고 연주에만 집중했다.

 김미래가 이런 두 사람의 모습을 먼발치에서 지켜보았다. 그녀는 앞치마에 젖은 손을 닦고 나서 휴대폰에 두 사람의 모습을 담아 곧바로 여솔에게 전송했다. 그녀는 영상을 전송할 때마다 두둑하게 수고비를 챙겼다. 김미래는 김빛과 여름의 단순한 친밀감을 밀회로 꾸미고 과장해서 여솔에게 전했다. 여솔을 자극하면 할수록 그녀에게 주어지는 보상은 점점 더 커졌다.

프리마돈나 여솔은 모차르트 오페라 <마술피리> 리허설 도중에 김미래가 보낸 영상을 받았다. 마음을 진정하고 호흡을 가다듬은 여솔은 다시 무대에 올라 감정을 실어 '지옥의 복수가 내 마음에 넘쳐흐르고……'라고 노래했다.

이런 사실을 전혀 모르는 여름과 김빛은 연주를 마치고 대화를 나누었다.

"난 가끔 이명인지 환청인지 모를 노래를 들어요. <마술피리>의 밤의 여왕이 절규하듯 부르는 아리아에요." 여름이 말했다.

"피곤해서 그럴 겁니다." 김빛이 말했다.

"프란츠 리스트와 모차르트, 두 사람이 각각 희대의 초절기교를 요구하는 <초절기교 연습곡>과 <마술피리>의 작가라는 점에서 평행이론이 성립될까요?"라는 여름의 질문에 김빛이 대답했다.

"두 작품이 각각 초절기교의 피아노 테크닉과 초절기교의 완벽한 목소리를 추구한다는 점에서 공통점이 있어요. 하지만 빠진 사람이 있어요."

"그게 누구죠?"

"《차라투스트라는 이렇게 말했다》의 철학자, 프리드리히 니체, 바로 그에요. 리스트와 모차르트 그리고 니체, 그들 모두가 일정부분 프리메이슨(Free Mason)

사상에 닿아있었다고 생각해요. 프리메이슨은 국적이나 종교적 신념 그리고 지위에 상관없이 인간이라면 누구나 자유와 인권을 누릴 권리가 있다는 이상을 가지고 있었죠."

여름은 김빛의 주장에 빠져들었다.

"그렇담 우린 무얼까요, 김빛과 나, 우리 사이 말이에요?" 여름은 두 사람을 연대감으로 꽁꽁 묶을 꼭짓점을 찾아내고 싶었다.

"프리메이슨이라고 해두죠."

김빛은 금방 후회를 했다. 이미 던져버린 말을 주워 담을 수 없어서 못내 아쉬웠다.

여름도 착잡한 기분이었다.

'단순한 동료 그 이상도 그 이하도 아니란 말인가? 오히려 다행이라고 해야 할까?' 여름은 서운했다. 그가 사랑한다고 해주길 바랐다. 만일 그랬다면 용기를 내 볼 수도 있을 텐데, 라고 아쉬워했다.

"난 달라요. 프리메이슨이 아니라는 말이죠. 왜냐하면 난 영세를 받았고 종교적 신념으로 가득 찬 가톨릭 신자거든요." 여름은 이렇게 둘러댔다. 그녀의 말과는 달리 아직도 그녀에게 신앙이란 의문투성이의 신기루에 불과했다.

두 사람의 이야기가 새벽을 지나 아침까지 이어졌고

다음날 오전 열시에 토스트와 커피로 아침 겸 점심을 먹었다. 도우미 김미래는 실망했다. 여솔에게 전송할 극적인 장면이 연출되지 않았기 때문이었다. 그래서 도우미는 어쩔 수 없이 다시 편안한 일상을 담은 한 장의 사진을 톡으로 보냈다.

  여솔은 식탁에 마주보고 앉아 오순도순 대화를 나누는 연인을 질투했고 점점 더 짙은 오해의 숲으로 걸어 들어갔다. 여솔의 눈에 비친 그 숲길은 매우 어두컴컴한데다 추적추적 비까지 내리고 있었다.

28

　도우미 김미래 씨는 일찍이 사별한 남편을 원망했다. 공립중학교 교사로 장래가 촉망되던 사회초년병시절, 그녀는 대학교수이던 남편의 권유로 영어교사직을 사임했다. 갓 태어난 아기 때문이었다. 남편은 아기를 남의 손에 맡기기 싫어했다.
　"나 혼자 벌어도 충분해, 그러려고 내가 지금껏 노력한 거야." 남편은 말했다.
　남편의 강요로 교직을 그만둔 그녀는 점점 작아졌다. 조금 시간이 흐른 뒤에 다시 교직으로 돌아가려했지만 복직도 어려웠다. 그녀는 시름시름 앓기 시작했다. 내린 눈 위에 서리가 쌓이는 격으로 남편의 갑작스러운 죽음이 그녀를 또 한 번 깊은 구렁텅이에 빠뜨리고 말았다.

"당신은 혹시 자라스트로인가요?"

도우미 김미래가 조율사에게 물었다.

"아니랍니다."

"그럼 누구시죠? 내겐 당신이 현자로 보이는데요."

"나는 '있는 자'일 뿐입니다. 한 가지 힌트를 드리자면 나는 인간들 각자의 얼굴에 매번 표정으로 나타나는 자입니다."

"좀 쉽게 설명해 주실 수는 없나요?"

그러나 조율사 표정은 더 이상 아무 말도 하지 않았다. 도우미는 발칵 화를 냈다.

"나처럼 착한 이들이 결코 불행에 빠지지 않도록 할 수는 없느냐는 말씀입니다."

"세상에 악한 자는 없답니다." 조율사가 말했다.

"그렇담 죄 없는 이에게 시련을 안겨다주는 건 무슨 이유죠? 어떻게 설명을 할 거냐는 말입니다." 도우미 김미래도 물러서지 않았다.

그녀는 이렇게 표정과 대화를 나누었지만 사실은 혼잣말을 하는 것이었다. 그녀는 표정이 항상 그녀를 지켜보고 있다는 착각 속에 살았다. 조율사 표정이 다시 말했다.

"나는 세상을 잘 조율해두었지만 연주를 하는 것은 늘 인간들입니다. 나는 우주가 최상의 컨디션을 유지

할 수 있도록 조율을 할뿐 각자 인간들이 하는 연주에 끼어들 수는 없어요. 그들이 연주를 완성하도록 지켜보고 성공을 기원하는 것도 기쁜 일이죠."

그래서인지 조율사 표정은 김미래가 여솔에게 거짓말을 전하는 것에 대해서 직접 화를 내거나 책망하지도 않았다. 그럼에도 김미래는 조율사 표정이 그녀의 행동 하나하나를 모두 지켜보고 있다는 두려움에서 자유롭지 않았다.

도우미는 지금껏 여솔에게 거짓말을 꾸며내어 전했다. 그 거짓말이 커갈수록 수입이 많아지는 것을 즐기며 살아왔다.

"불행한 나는 그럴 자격이 있어요. 억울한 이가 저지르는 잘못은 결코 잘못이 아니에요. 일종의 회복이라고 생각해주세요." 김미래는 이렇게 말하며 스스로의 잘못을 인정하지 않았다.

"난 인간의 마음 안에 살아요. 사람들이 거짓말을 할 때마다 괴로워하고 그럴 때마다 나는 그들의 얼굴에 표정으로 나타나요. 보람된 일을 할 때나 기쁠 때도 마찬가지에요." 조율사 표정은 말했다.

김미래는 조율사 표정이 "남을 사랑하기 위하여 그와 같은 마음이 되어 함께 슬퍼한 적이 있나요? 아니라고요? 그럼 혹시 남을 사랑하기 위하여 잠시라도 그처럼 가난한 마음이 되어 본적은 있나요?"라고 자신에게 묻는 것만 같았다.

　김미래는 언제나 당당하게 가슴을 펴고 말했다.

　"아니요. 그런 적은 없어요. 그럴 이유도 없죠, 제가 바로 그 가난한 이웃이니까요." 이렇게 말하면서도 김미래는 어둠속에서 주위를 두리번거렸다. 우주의 조율사가 어디선가 그녀를 지켜보고 있을지도 모른다는 생각 때문이었다.

29

여름은 전교에서 하이 F를 별 어려움 없이 소리 낼 수 있는 유일한 학생이었다. 박문수 음악선생은 여름이 예고에 진학하기 바랐다.

"넌 천부적인 목소리를 가졌어."

여름은 성악뿐만 아니라 피아노와 바이올린에도 남다른 재능을 보였고 수학 등 여타 과목에서도 발군의 실력을 발휘했다. 친구들이 시샘 반 부러움 반으로 말했다.

"밥맛이야. 넌 대체 못하는 게 뭐니?"

그러나 여름은 '나 정도의 음악적 소양을 가진 사람은 하늘의 별만큼이나 많아. 주변에 노래를 잘 하는 사람들이 많지만 모두가 성악가가 되진 않아'라고 자조 섞인 마음으로 살았다.

사춘기 때였다. 여름은 보이지 않는 손이 그녀를 뒤에서 잡아끄는 느낌이었다. 동생들이 연이어 태어났다. 여름은 어쩌면 고등학교에도 진학할 수 없을지도 모른다는 불안감에 시달렸다.

박문수 선생도 고집을 굽히지 않았다.

"곧 알게 될 거야, 네가 누군지."

여름은 아버지에게 반항하는 마음도 있었다. 성악가로서 아버지가 걸어간 길을 따라 걷고 싶지 않았다.

누울 자리를 보고 다리를 뻗어야지, 라고 새엄마가 대놓고 말하지는 않았지만 여름은 그녀의 속마음을 읽었다. 여름은 예술계고등학교로 진학을 하게 되더라도 성악보다는 바이올린을 전공하고 싶었다. 새엄마는 여름이 인문계 고등학교에 진학하기를 바랐다. 새엄마가 낳은 동생들은 누나인 여름을 무척 따랐다.

여름은 늘 가슴을 펴고 당당한 척 말했다.

"난 음악을 직업으로 삼고 싶지 않아요, 취미로 즐기고 싶을 따름이죠. 유명해지고 싶지도 않아."

김빛과의 대화 중에 여름이 잠시 어린 시절을 회상하는 동안 어둠이 찾아왔다.

잠시 전 김빛이 왜 바이올리니스트가 되지 않았느냐는 무언의 질문을 그녀에게 던져왔다. 그녀는 눈빛으로 많은 말을 했고 여름은 그가 그녀의 언어를 이해할 거라고 믿었다. 그리고 왜 그를 마음으로만 사랑해야 하는지, 그래서 더욱 사랑하는지도 알 거라 믿었다.

김빛이 관찰한 여름은 피아노와 바이올린 그리고 오페라 아리아까지, 그 재능의 끝이 어딘지 가늠할 수 없을 지경이었다. 어제도 그녀는 거실에서 헨델의 오페라 <리날도>의 2막 중에 소프라노 아리아, '울게 하소서'를 노래했다.

여름은 이런 말도 했다. "밤의 여왕은 죽지 않고 영원히 살아요. 어둠의 세계를 지배하죠. 난 밤의 여왕이 정말 여자일까를 생각해요. 아마 아닐 거예요. 남자든 여자든 인간의 마음속에는 밤의 여왕이 살고 있으니까."

김빛은 여름은 아프다, 라고 짐작할 뿐이었다.

슬픔과 고뇌에서 벗어나게 해달라는 헨델의 오페라 <리날도>의 여주인공 알미레나와 <마술피리>의 파미나가 여름의 얼굴에 동시에 겹쳐졌다.

여름이 말을 이어갔다.

"자라스트로는 악과 선이 공존하는 인간들의 변덕스런 마음을 조율해서 세상을 밝게 비추는 일을 할 거라 말해요. 하지만 왜 그는 우리 눈에 보이지 않죠? 마치 없는 것처럼 말이에요."

여름은 잠시 말을 멈추었다가 김빛에게 살며시 어깨

를 기대었다. 그리고 장난스럽게 말했다.

"오늘밤만은 신의 부재를 기뻐해야할까요? 김빛과 키스할 정도로 용감해지려면 그래야겠죠." 여름은 진심이었다. 이 순간만은 정말 신이 없기를 바랐다.

여름은 김빛에게 사랑한다고 고백하고 싶었지만 억눌렀다. 숨을 참았다. 그러자 가슴이 답답했다.

"중학교 1학년 첫 음악수업이었어요. 박문수 음악선생이 학생들에게 말했어요. '음악이란 음을 재료로 하여 자기의 사상과 감정을 표현하는 시간적 예술이다' 라고 말이에요. 모두에게 강제로 외우게 했죠." 여름은 김빛에게 기대었다. 그리고 낮고 빠른 목소리로 말했다.

"이렇게 김빛에게 나의 사상과 감정을 표현하는 건 어때요?" 여름은 김빛에게 안겼다. 그의 가슴에 얼굴을 묻었다. 가슴 박동이 느껴졌다.

여름의 향기는 물처럼 무색무취였지만 김빛이 잠시 호흡을 멈추고 나서 다시 숨쉬기를 계속했을 때 그녀의 몸에서 피어오르는 피톤치드를 감지할 수밖에 없었는데 그것은 나무가 스스로를 보호하기 위해 내는 항균물질처럼 여름 자신을 지켜줄 뿐만 아니라 김빛의 아픔까지 치유해줄 것 같았다. 김빛은 점이 되며 마침내 아스라이 꺼져가는 느낌과 함께 평화로웠다. 김빛은 여름과 무엇을 해야만 한다거나 무언가를 하고 싶다는 충동도 없었다. 그냥 여름과 함께하는 순간이 좋았다. 그는 그녀가 자신에게 기대어 호흡을 하고 있다는 느낌만으로 만족했다. 그녀의 가슴이 숨결을 따라 오르내리는 것, 이런 작은 것에도 김빛은 경탄했다.

'이런 감정은 무엇일까?' 김빛은 어렴풋이 떠오르는 감정의 알갱이, 그 정체를 알 것 같았다. 그러나 이때에도 원자핵 주위를 공전하는 전자로서 사건의 중심을 떠나지 않는 여솔이 있었다. 이번 경우에도 그랬다. 여솔은 너무나 먼 곳에 있긴 하지만 분명히 김빛에게 영향을 미치는 존재였다.

이윽고 큰 천둥소리가 들렸다. 김빛과 여름의 심장박동이었다. 숨소리가 점점 크고 거칠게 변해갔다. 이때 안타깝게도 신의 존재를 인식한 양심이라는 불청객이 혈류를 따라 흘렀고 두 사람은 다시 냉정함을 되찾았다.

"라흐마니노프는 어때요? 지금 연주하기에 좋을 것 같지 않아요?" 여름이 그에게서 떨어지며 말했다. 두 사람은 꿈에서 깨어난 것 같은 표정이었다.

김빛은 잘못을 저지르다 들켜버린 아이 같았다. 이때 김빛은 한 가지 결심을 했고 그 생각이 행위를 지배했다.

'나의 아내는 여솔이야. 그녀뿐이야.'

언젠가 표정이 말했었다.

"내가 맺어준 것을 쉽게 끊어버릴 순 없어요."

김빛이 여름과 라흐마니노프 협주곡을 함께 연주하는 대신 화려한 기교로 <초절기교 연습곡>의 프렐류드를 이어나가기 시작했을 때 그것이 여름과의 사이에 보이지 않는 유리벽을 만들었다. 그 벽은 분명히 존재하는 이미지로 두 사람 사이에 조용히 나타나 한동안 머물렀다. <초절기교 연습곡 제8곡 환영(Vision)>은 무거운 우수로 가득했고 김빛에게는 상처가 아물 때의 근질거림과 무언가를 이겨낸 뒤의 안락함이 동시에 찾아왔다.

30

 여솔은 이른 아침에 톡을 받았다. 김미래는 한숨을 섞어가며 말했다.

 "차마 제 입으로 말씀드리기가 민망해요. 여름과 김빛 님이 다정하게 지내는 모습을 곁에서 매일 지켜보는 것도 괴롭고, 어쩔 수 없이 여솔 님에게 전해드리려니 너무 힘들어요."

 여솔은 더 많은 정보를 원했다. 김미래는 여솔의 상상력을 자극하는 장면을 히드라의 혀로 그려냈다.

 "오늘은 어땠는지 아세요? 여름이 김빛 님의 어깨에 기대고 울고 있었어요."

 물리적으로 그것은 사실이었다.

 "며칠 전에는 두 사람이 함께 차를 타고 나가서 밤늦도록 돌아오지 않았어요."

여솔은 온갖 상상의 나래를 폈다. 여솔은 존 안드레오티와 자신의 욕정을 반영한 어두운 안경을 통해 김빛과 여름을 보았다. 정작 여솔 자신은 존 안드레오티와 차안에서 자주 밀회를 즐겼다. 여솔이 좋아하는 장소는 침대가 아니었다. 한적한 길이나 어두운 숲에 차를 세워두고 소파처럼 넓은 뒷좌석을 이용했다. 사이드브레이크가 풀려서 차가 길 아래로 구른 적도 있었지만 두 사람은 무사했다. 여솔은 여름과 김빛이 차안에서 벌이는 질펀한 정사를 상상하며 잠을 이루지 못하고 이리저리 몸을 뒤척였다.

여솔에게 무슨 일이 일어나고 있는지 알 길이 없는 여름은 평소대로 생활을 이어나갔다. 여름은 마치 어린아이를 돌보듯 김빛을 보살피고 관찰했다. 김빛은 피아노연주 외에는 모든 것이 서툴고 유아적이었다.

"병마개를 어떻게 따는지 알아요?" 그는 오프너와 병을 양손에 든 채 물었고 여름이 대답했다.

"이리 줘요. 내가 할게."

원두를 그라인드에 넣고 분쇄하는 것도 자연스레 여름의 몫이 되었다. 원두 낱알들이 분수처럼 온 주방에 흩뿌려진 뒤부터 김빛의 주방 출입이 금지되었다. 그는 손이 많이 가는 남자였다. 김빛은 온종일 생각에 잠겨있었고 대개 우울했다.

'천재의 열등감이라니!'

김빛은 지나치게 스스로를 자책했다.

"내가 원하는 소리가 아니었어요. 늘 그래요. 만족할 수 없어요." 김빛이 절망에 빠져 여름에게 말했다.

피아노의 거장인 그가 왜 그토록 스스로를 비하해야만 하는지 여름으로서는 이해할 수 없었다.

"단 한번만이라도 만족스런 연주를 하고 싶어요." 김빛은 신음했다.

여름이 감탄했던 김빛의 수많은 연주들이 그에게는 스스로를 비하하는 한갓 자괴감의 제물이었다.

"우리 드라이브 갈까요?" 여름이 제안했다.

"한적한 길을 달려보고 싶긴 했어요." 김빛도 어머니의 손에 이끌린 아이처럼 반응을 보였다.

김빛과 여름은 저택주변을 도는 비교적 가까운 드라이브 코스를 선택했다.

여름에게 김빛은 남이 아니었다. 여솔은 여름에게 필요 이상의 친절을 베풀고 보통의 임대인과 임차인 관계에서 느낄 수 없는 따스한 눈길을 보냈다. 여솔이 친언니라는 겨자씨 믿음은 애초에 신의 존재를 의심하는 가운데 어느 사이 마음 밑바닥으로부터 꿈틀거리며 자라난 신념과도 닮은꼴이었다. 그래서 결국 여름에게 산을 옮기는 것만큼의 큰 변화가 찾아온 걸까? 여름은 여솔에게 감사하는 마음을 그녀의 남편, 김빛에게 정성을 다하는 것으로 갚아나갔다. 언니, 여솔을 위해 여름이 당장 할 수 있는 일이었다.

"자신감을 가지는 거예요. 그럴 자격이 있죠."라고 말하는 여름의 얼굴에 잠시 여솔이 묻어나왔다. 김빛은 그렇게 느꼈다. 하지만 여름은 아내 여솔과 같은 듯 달랐다.

'여름은 물빛이야, 순수해.'

김빛은 여름을 향한 자신의 변화된 정서에 주목을 했다. 김빛은 그녀의 살가운 태도에 적응해갔다.

"밥은 제때 먹어야 해요. 온종일 끼니를 거르는 프란츠 리스트를 걱정하는 이들이 많아요. 우선 나부터도 그러니까." 그러나 여름은 도우미 김미래 역시 그렇다는 말을 하려다가 멈추었다. 그녀가 여름을 감시한다는 느낌을 받은 지도 오래되었다. 여름은 그녀가 누구에게가 은밀히 전화를 하는 광경을 목격했고 여름이 다가가는 인기척에 말을 멈춘다는 것도 알게 되었다. 하지만 그녀가 여름이 들어서는 안 되는 비밀을 갖고 있다고는 해도 어디까지나 개인적인 사정이었다. 여름이 도우미 여사에게 원한을 살만한 짓을 하지 않은 바에야 그녀를 경계할 이유는 없을 테지만 께름칙한 기분은 지울 수가 없었다. 조금 전에도 김미래가 앞치마에 손을 닦고 어디론가 휴대폰으로 긴 통화를 했지만 여름에게까지 들리지 않았다.

프리마돈나 여솔은 오페라 무대에 오르기 전에 또다시 김미래의 전화를 받았다.

"여름이 김빛 님과 함께 욕실에 들어갔어요."

그러나 김미래는 김빛이 다쳐서 깁스를 했다는 말은 하지 않았다.

떨리는 가슴을 애써 누르며 무대에 오른 여솔은 신들린 듯 밤의 여왕 아리아를 노래했다.

관객들의 환호 속에서 여솔은 왕자 타미노와 공주 파미나가 살고 있는 한국의 저택, 불륜의 성을 머릿속으로 그려보았다.

"여름이 김빛에게 말했어요. '왜 제게 사랑한다고 고백하지 않는 거예요? 결혼하자고 프러포즈할 용기가 없어요?'라고 말이죠. 제가 두 눈으로 보고, 이 두 뒤로 똑똑히 들었어요. 너무나 앙큼하지 않아요? 어쩜 그럴 수가 있죠?" 도우미 김미래는 여솔에게 이렇게 고자질을 했다.

그러나 김미래가 흘려들었거나 알면서도 애써 외면한 말이 있었다.

여름은 뒤이어 이렇게 말했다. "김빛이 내게 고백하지 않은 건 우리 모두에게 행운이었어요. 만일 그랬어도 나는 당연히 거절을 했을 테지만 말이에요."

여솔은 김빛과 여름뿐 아니라 고상한 척하는 조율사 표정에게까지 반감을 가졌다. 세상 이치를 꿰뚫어 알고도 나머지가 있을 그가 도우미 김미래처럼 자신의 편에 서지 않고 김빛과 여름의 관계를 감싸려한다고 오해했다.

여솔은 표정을 당장 해고하고 싶었지만 표정이 조율한 피아노만 고집하는 김빛 때문에 그럴 수도 없는 노릇이었다. 세상 모든 일에 무관심하고 수더분한 김빛이었지만 악기나 음악에 관해서만은 너무나 예민했다.

그러나 얼마 전 그가 원하는 연주가 되지 않는다고 자해를 한 사실을 아는 이는 여름뿐이었다.

31

 나른한 오후였다. 잠시 연주를 멈춘 김빛이 먼 산을 바라보며 숨고르기를 하고 있었다. 인기척에 정신을 차렸다. 김빛은 피아노 의자에 앉은 채로 여름이 가져온 얼음물로 타들어가는 목을 축였다. 그녀의 가슴이 들숨날숨으로 움직이는 것으로 보아 김빛을 위해 냉장고가 있는 부엌에서 잰 걸음으로 달려온 것이었다. 머리카락 한 가닥이 여름의 이마에 흘렀다. 김빛은 무심코 손을 뻗어 쓸어 올렸다. 건반을 누르는 일과 더불어 그의 손가락이 할 수 있는 새로운 역할을 발견한 그는 야릇한 기분이었다. 포기한 많은 것들 가운데 하나일 뿐인 그것은 잠시 그를 기쁘게 했다.
 여름은 이젤을 펴고 김빛의 초상화를 그리기 시작했다. 그녀는 여러 번 덧칠을 했고 그때마다 유화는 조금씩 달라졌다.

저택을 온전히 누리고 소유하는 실질적인 주인은 다름 아닌 임차인 여름이었다.

'나는 우주의 임차인으로서 임대차존속기간동안 우주를 사용한다. 나의 전 생애가 바로 임대차존속기간이며 내가 생을 마감할 때 임대차기간은 종료된다. 이럴 경우에 주인이자 임대인이 누구인지는 그다지 중요하지 않다. 우주의 실사용자인 내가 주인이다.' 여름은 그림을 그리며 잠시 그런 생각을 했다.

'난 저택의 임차인이자 사용자이며 주인이야.'

"이상한 것이 있어요." 여름이 불쑥 말했다.

김빛이 여름을 보았다.

"뭐죠?"

"왜 자라스트로는 옳은 말만 할까요? 이타적인 것이 곧 나를 위한 것이라거나, 뭐 그런 말을 한다는 거예요. 어쩔 수 없이 공감하게 되거든요."

여름의 외모는 아내와 판박이였다. 김빛은 여름에게서 늘 아내를 보았다. 그러나 정작 자신이 언제나 아내를 그리워한다는 사실을 모르고 있었다. 아내를 닮은 여름이 말했다.

"아마 아이 때였을 거예요. 언제였는지 정확하게 기억이 나질 않아요. 나는 내게 닥친 불행하다고 여겨지는 모든 상황을 용서하기로 결심했어요. 나의 오해일 수도 있다고 생각했거든요. 모두 날 위해서였어요, 용서하면 마음이 편하니까."

"자라스트로의 말이 틀리지는 않았다는 결론인가요? 실제로 그가 존재할 지도 모른다는 거군요?" 김빛이 물었다.

"약간은 그래요. 그렇지 않다면 내 마음대로, 마음 내키는 대로 할 텐데 말이죠(김빛 당신을 마음대로 사랑할 수도 있겠죠)."

"마음대로 막 미워하고 죽을 만큼 사랑하기도하고." 여름은 이렇게 말하며 김빛을 향해 두 손으로 '앙, 잡아먹자' 모양을 만들었다.

"그럴 수도 있겠어요. 마음이 내키는 대로 살아갈 수도……." 김빛이 말했다.

김빛은 바로 지금 욕망을 억누르는 보이지 않는 손이 있음을 안타까워하면서도 한편으로는 여름을 육체적으로 사랑할 수 없는 그런 장애물에 감사했다.

"조율사 표정이 없으면 모든 게 엉망진창이 돼요. 음정이 맞지 않는 피아노를 연주할 수는 없어요, 끔찍한 일이에요." 갑자기 두 사람의 대화에 불쑥 끼어든 목소리에 두 사람은 동시에 뒤돌아보았다. 도우미 김미래였다.

"이 고성 같은 저택에 피아노가 몇 대나 되는지 아시기나 하세요?" 김미래가 원망하듯 두 사람을 향해 말했다.

김미래에 의해 갑자기 소환된 조율사 표정은 아무 연락도 없이 한동안 나타나지 않고 있었다.

도우미 김미래가 조율사 표정을 기다리는 것은 진심인 것 같았다.

"그가 아픈 건 아닐까요?" 도우미 김미래 씨는 걱정스레 말했다. "전화라도 해보세요. 어쩜 두 분 다 이러실 수가 있어요. 오기로 한 사람이 나타나지 않으면 궁금해 하고 염려를 하는 게 인지상정 아닌가요." 그녀는 정말로 화난 얼굴이었다.

"오해하진 말아요. 표정은 우리 모두의 친구이기도 하고 친절한 분이잖아요. 특히 김미래 씨에겐 더욱 그렇던데요." 여름이 말했다.

"전화를 하려던 참이었어요." 김빛이 도우미 김여사를 달래듯 말했다. 그 사이에 현관에서 인기척이 났고 한동안 모습을 보이지 않았던 표정이 나타났다. 그는 거실을 가로질러 세 사람이 담소하는 곳으로 걸어왔다. 도우미 김여사의 얼굴이 갑자기 확 피어났다. 달려가 조율사 표정의 손을 잡았다. 도우미 김여사는 눈물을 글썽거렸다.

'이렇게까지 할 일인가?' 여름은 그녀의 행동이 지나치다 생각했다.

하지만 표정을 기다린 것은 도우미만이 아니었다. 김빛과 여름은 그가 없는 동안 불안했다. 김빛이 연주하는 피아노가 있는 곳이라면 그 어디라도 조율사 표정이 있었다. 피아노 건반과 해머의 조합인 액션 그리고 조율사 표정은 김빛의 연주에 동반하는 또 하나의 패키지였다.

잔뜩 풀이 죽어있던 김미래는 표정이 나타난 순간부터 부쩍 말이 더 많아졌고 활기를 되찾았다.

"피아노는 오래 쓰면 제 기능을 다하지 못해요. 어쩔 수 없죠. 2층에 있는 스타인웨이는 손을 보든지 여솔 님에게 말해서 바꾸어야할 것 같아요."

도우미 김미래가 이렇게 주제넘게 나서는 것도 따지고 보면 김빛이나 여름보다 그녀가 더 자주 여솔과 통화를 하며, 자신의 말이라면 여솔도 어쩔 수 없이 모두 들어줄 거라는 자신감 때문이었다. 김미래가 좀 오래되긴 했지만 아직 쓸 만한 피아노를 바꾸겠다는 것은 조율사 표정의 수고를 조금이라도 덜어주기 위해서였다.

조율사 표정은 그녀의 제안에 아무 반응을 보이지 않았다. 가끔 표정은 방관자처럼도 비쳐졌다.

도우미 김미래는 세상에 무서울 것이 없었다. 단 한 가지, 김미래 씨가 두려워하는 것이 있다면 항상 그녀를 사랑하고 가엾게 여겨온 조율사 표정이 등을 돌리게 되는 상상하기조차 끔찍한 상황이었다.
 표정이 조율작업을 하는 동안 내내 김미래는 그의 주위를 맴돌았다.

32

 한국행 티켓을 예약하려던 여솔은 갑자기 마음을 바꾸었다. 그녀는 김미래와 짤막하게 영상통화를 했다.
 "김미래 씨가 그동안 집안에서 일어나는 일들을 은밀히 내게 알려줘서 고마워요. 절대로 잊지 않을 거예요."
 "할 일을 한 것뿐이에요. 여솔 님이 알아주시니 감사하고 기뻐요."
 "그래서 제가 선물을 보낼까 해요."
 김미래의 눈이 커졌다. 한편으로는 두렵고 어리둥절했다. 이번에는 도대체 무슨 일을 시키려고 이러나 싶었다.
 통화를 마치고 여솔은 서둘러 다운타운의 총포상에 들렀다. 여솔은 간단한 신분조회를 마치고 '장난감인

척(pretending to be a toy)'이라는 별명의 작고 앙증맞은 피스톨을 구입했다.

같은 시각 도우미는 여름이 김빛의 어깨에 머리를 기댄 모습을 또다시 휴대폰에 담았다. 그런 사실도 모른 채 김빛과 여름은 대화에 빠져있었다.

여름은 김빛이 스스로의 연주에 만족하지 못하는 것이 안타까웠다. 여름이 알고 있는 그 어떤 라흐마니노프 협주곡도 김빛의 그것만큼 그녀를 감동으로 몰아넣은 적이 없었다. 그녀는 위대한 악기, 김빛에게 기대었다.

여름이 김빛에게 물었다.

"음악을 할 때 행복해요?"

김빛은 음악 속에서 행복했다. 그랬다. 단 한 가지 바뀌지 않는 것은 그가 음악 속에서 행복하다는 바로 그것이었다. 완성을 향한 지독한 고통 속에서도 그는 행복했다.

"그럼 됐어요. 이미 라흐마니노프를 얼마쯤 완성한 거예요. 인생도 그럴지 모르죠."

김빛은 아직 아무 것도 완성하지 못했다는 자괴감으로 괴로웠다. 음악도 그리고 인생도 미완성이었다. 그는 스스로에게 질문을 던졌다.

'행복은 기나긴 고통을 이겨낸 뒤에서야 비로소 찾

아오는 걸까? 산악인이 산소가 점점 희박해져서 어지럼증과 터질 것만 같은 가슴을 부여잡고 오른 에베레스트의 그 아스라한 정상에서 비로소 느끼는 기쁨일까? 그렇다면 나는 지금 산의 중턱에서 결코 정복할 수 없을 것만 같은 정상을 바라보며 괴로워하고 있다. 논보라에 눈을 뜰 수 없을 만큼 기상은 나빠졌고 정복할 수 있다는 자신감도 점점 사라진다. 그러나 이 미치도록 행복한 기분을 도대체 뭔가? 나는 이 지긋지긋하며 고통스러운 행복을 갈구하고 또한 사랑한다. 그래서 오르고 또 오른다.'

한편 김미래는 통장 잔고를 확인하고 놀란 가슴을 진정시키려고 애를 썼다. 여솔이 보낸 돈은 그녀가 평생을 일해도 벌 수 없을 만큼 큰 금액이었다.

33

　표정이 조율을 하는 동안 도우미 김미래는 정성들여 원두커피를 내렸다. 그녀에게는 김빛이나 여름의 연주보다 표정의 연주가 듣기에 더 아름다웠다.
　도우미 김미래가 조율사 표정에게 존경의 눈길을 보내는 이유가 있었다. 그는 그녀의 이야기를 잘 들어주었다. 그녀의 말에 공감하는 것이 그의 의무라는 듯 대화 중에 연신 고개를 끄덕였다. 그녀에게 용기를 내라고 말했다. 그리고 두려워하지 말라고도 했다. 그래서 김미래는 마음속 깊이 감추어둔 이야기도 그에게는 스스럼없이 모두 털어놓았다.
　"김빛은 너무나 이기적이에요. 그는 연주회에 늘 표정, 당신을 데리고 갔어요. 해외 일정을 소화할 때에도 무거운 피아노의 액션을 옮기게 했죠. 당신이 피아노의 부품인가요? 어디 말 좀 해보세요." 김미래는 진심이었다.

"그래서 표정이 받는 보상은 뭐죠? 그의 어린애 같은 투정인가요?"

표정이 말했다.

"미래 씨는 좋은 분이에요, 나는 알고 있어요."

표정은 조금 전에 현관 앞에 놓여있던 우편물을 안으로 들여 놓았다. 여솔이 해외에서 보낸 것이었다. 수취인이 김빛이나 여름이 아닌 도우미 김미래였고 포장에 'toy pistol(장난감 권총)'이라고 적혀있었다.

김미래는 표정이 돌아가고 나서 저녁 무렵에서야 뒤늦게 우편물상자를 발견했다. 거의 동시에 여솔의 톡문자를 받았다.

'내가 미래 씨에게 보낸 우편물을 개봉하지 말고 그냥 내 침실 서랍에 넣어 두세요. 실수로 잘못 보냈어요.'

피스톨을 국제택배로 보내고 나서 여솔은 안심이 되지 않았다. 무른 성품의 도우미였다. 그녀가 아무리 돈을 밝힌다고는 해도 사람을 해칠 수는 없을 것이라는 데까지 생각이 미쳤다.

김미래는 의아해하면서도 우편물을 열어보지 않고 여솔의 침실 서랍에 넣어두었다. 그녀는 콧노래를 흥

얼거리며 오븐에 애플파이를 구웠고 저녁에는 자신의 방에서 혼자서 포도주를 마셨다.

그녀에게는 또 다른 취미가 있었다. 취기가 오른 뒤 도우미 김미래는 자위를 했다. 클리토리스만을 자극하는 자위기구는 미래에게 새로운 기쁨을 선사했다. 어린 시절에는 손가락으로 여성기를 만졌지만 이제 그녀는 좀 더 대담해졌고 직접적인 자극을 원했다.

다음날이 되자 김미래는 여솔의 서랍에 넣어둔 우편물의 정체가 무엇인지 무척 궁금해졌다. 포장에 적혀있던 'toy'라는 큰 글자와 'pistol'이라는 인쇄가 약간 번진 글자들이 생각났다. 김미래는 여솔의 침실로 가서 서랍에 넣어두었던 우편물을 꺼내어 칼로 조심스럽게 개봉했다. 무엇이 들어있나 보고나서 다시 감쪽같이 원래대로 넣어두면 될 일이었다. 겹겹이 싼 포장지와 비닐을 벗겨내자 앙증맞은 권총이 나타났다. 도우미 김미래는 수취인이 분명 자신이었다는 데에 생각이 미치자 여러 번 고개를 갸우뚱거렸다.

'장난감 권총이라니? 왜 성인인 나에게 장난감을 보낸 걸까?'

김미래는 신기해하며 총을 이리저리 돌려보기도 하며 만지작거렸다. 차가운 감촉이 좋았다.

이때였다. 실내에 갇혀있던 공기가 자지러졌다. 침묵

을 산산이 부숴버리는 한발의 총소리가 저택 전체를 뒤흔들며 메아리쳤다. 김빛이 피아노에 앉아 머릿속으로 곡 전체를 그려보며 명상에 잠긴 순간이었다. 2층 여솔의 침실 쪽에서 들려오는 소리였다. 김빛과 여름이 서로 얼굴을 쳐다보다가 급히 뛰어올라갔다.

문을 박차고 들어가자 김미래가 파래진 얼굴을 애써 감추며 말했다.

"장난감 총이에요. 죄송해요 소란을 피워서."

"놀랐어요. 어디 다친 덴 없어요?" 여름이 다가가려 하자 미래는 얼른 우편물상자를 숨겼다.

"요즈음은 장난감 총이 너무 현실적이야." 여름과 김빛이 듀오로 말했다.

김미래는 그 앙증맞은 총이 장난감이 아니라는 사실을 숨겼다. 벽에 생긴 총알자국을 두 사람이 알아차리지 못하자 안심이 되었다. 가슴이 터질듯 방망이질 쳤다.

'피스톨은 여솔이 보낸 큰 금액의 돈과 관련이 있다'라고 그녀의 직감이 알려주었다.

또 다른 의문이 고개를 들었다. '그런데 여솔은 왜 우편물을 열지 말고 그냥 서랍에 넣어두라고 한 걸까?' 그녀는 한동안 골똘히 생각에 잠겼다. 김미래는 여솔이 원하는 것, 그리고 망설이며 두려워하는 것이 무엇인지 알 것 같았다.

마침 김빛의 연주가 다시 시작되었다. <초절기교 연습곡 8번, 사냥(Wilde Jagd)>이었다.

'여솔은 나의 손을 빌려 김빛을 살해하려고 한다. 그리고 그녀는 내가 혹시라도 실수를 할까봐 주저하며 망설이는 것이다.'

김미래는 여름이 여솔의 동생이라는 사실을 직감으로 알았다. 여솔과 통화를 할 때마다 여솔은 언제나 여름이 아닌 김빛을 향해 증오심을 드러내 보였다.

김미래는 일을 끝낸 후 그녀에게 주어질 더 큰 보상을 상상하며 잠들었다. 김미래는 이미 프로배구선수의 연봉과 맞먹을 정도의 돈을 계약금으로 미리 받은 셈이었다. 여솔이 돈을 다시 돌려달라고 할지도 모른다는 걱정이 앞섰다.

그날 밤 김미래는 악몽에 시달렸다. 우주의 조율사 표정이 그녀를 보고도 못 본 척 외면하는 너무나도 끔찍한 꿈이었다. 꿈속에서도 그녀는 표정에게 자신을 두고 가지 말라고 애원했다.

34

　여솔은 지옥의 문 앞에 섰다. 도우미 김미래를 이용하여 김빛을 살해하려던 계획을 바꾸어 자신이 직접 실행에 옮기기로 결심했다. 그 순간 지상의 모든 것이 빛을 잃었다. 싱그런 대자연과 건물들 그리고 오가는 사람들 모두가 칙칙한 재의 빛깔로 옷을 갈아입었다.
　그녀가 몇 년 전부터 미리 정해진 빡빡한 스케줄을 피해 시간을 내기란 무척 어려웠다. 여솔은 그 누구에게도 알리지 않은 채 한국행 비행기에 올랐다.
　긴 여행 끝에 모처럼 돌아온 서울은 마치 외계의 낯선 행성 같았다. 그녀가 따듯한 마음으로 바라보았던 도시였다. 여솔은 서울 강남의 호텔에 여장을 풀었다. 잠을 이루지 못하고 객실 안을 서성거렸다.
　여솔은 고개를 들어 좀 더 멀리 바라보았다. 호텔 최

고층의 스위트 룸 아래로 흐르는 수많은 불빛들, 그 가운데에서 여솔은 교회의 십자가들이 허공을 찌르며 솟아있는 광경을 보았다. 한 개, 두 개, 셋, 넷……, 십자가들이 하늘을 가득 메우고 있었다. 그녀는 내일 당장 김빛을 해치울 생각으로 잠시도 잠을 이루지 못했다. 별이 없는 하늘에서 별을 대신한 십자가들이 대지에 빛을 뿌리는 풍경을 밤이 새도록 경이롭게 바라보았다.

다음날 이른 아침 여솔은 호텔 귀빈용 리무진을 타고 저택으로 달려갔다. 대문은 굳게 닫혀있었다. 모든 것이 자신을 향해 닫혀있다는 느낌을 받았다. 여솔은 초인종을 누르려다 흠칫 멈추었다. 여솔은 다리에 힘이 풀려 그 자리에 털썩 주저앉았다.

'내가 지금 무얼 하려는 거야?'

잠시 뒤 그녀는 다시 초인종을 누르려다 복받치는 울음을 터뜨리고 말았다.

황사가 자욱한 새벽이었다.

김빛이 통유리 창으로 바깥을 내려다보고 있었다. 검은 색 리무진이 저택입구에 멈추었다가 잠시 뒤 사라지는 것이 보였다. 김빛은 혹시 자신이 잘못본 건 아닌지 눈을 비볐다. 차속에 어른거리는 그림자가 아내 여솔 같기도 했다. 고비사막과 내몽골에서 유입된

황사가 살아있는 모든 것들을 덮어 질식시킬 것만 같았다.

여솔은 도망치듯 그곳을 벗어났다. 저택의 정경이 점점 멀어지자 안도했다. 자유로웠다. 무엇 때문에 김빛을 처치해버리고 말겠다는 단단한 결심을 바꾸게 된 것인지 스스로도 이해할 수가 없었다.

'서울의 하늘을 뒤덮은 십자가들 때문이었을까? 아니라면 또 다른 무엇이 있었을까?'

여솔은 마음이 편안했다. 잿빛이었던 시계가 점점 밝아지며 천연색을 되찾아가고 있었다. 분주히 오가는 사람들, 가로수와 차들이 보였다. 여솔은 오귀스트 로댕의 <생각하는 사람>이 두려움에 떨며 지켜보았던 지옥의 문으로부터 점차 벗어나고 있었다.

존 안드레오티는 공연을 앞두고 갑자기 사라져버린 여솔이 서울에 나타났다는 뉴스를 접하고 길길이 날뛰었지만 별다른 수가 없었다.

여솔은 예정에 없던 인터뷰도 거절하지 않았다.

"마술피리 공연을 앞두고 재충전이 필요했어요. 난 서울의 밤풍경을 좋아하죠. 그 많은 십자가들을 보고 나면 힘이 나거든요. 바로 나의 행커치프랍니다." TV 화면 속에서 여솔이 말했다. 기자들이 '행커치프'가 무슨 의미인지 물었지만 여솔은 빙그레 미소를 지을 뿐이었다.

김빛은 거실에서 아내의 목소리를 들었다. 그는 사방을 두리번거렸다. 아내는 TV화면 속에 있었다. 뒤이어 김빛을 부르는 여름의 목소리가 들려왔다.

"커피와 토스트로 간단하게 먹어요. 매일 빈속으로 아침을 시작한다면 제아무리 고매한 프란츠 리스트라도 절대로 견딜 수 없을 거예요."

여름의 맑고 빛깔이 선명한 소프라노 음성이 들려왔다. 그는 다이닝룸 쪽으로 씩씩하게 걸어갔다.

35

 잠을 설친 여름이 평소보다 두 시간이나 일찍 일어나 커피를 내리려고 다이닝룸 쪽으로 걸어가고 있을 때였다. 아주 작은 소리가 다이닝룸에서 거실로 흘러나오고 있었다. 여름은 소리를 따라 계속 걸어갔다. 좀 더 다가가자 식탁아래 바닥에 앉은 사람의 그림자가 보였다. 그녀는 육중한 식탁다리에 등을 기댄 채로 말소리가 새어나가지 않도록 한손으로 휴대폰을 막고 누군가와 몰래 톡을 하는 중이었다.
 "너무 혐오스러워요. 어떻게 그럴 수가 있어요? 오늘도 김빛 님과 여솔이 다정하게 이야기를 나누는 모습을 보았어요. 전 조금도 보태거나 빼지 않았어요. 제가 본 대로만 말씀드리는 거예요."
 여름은 비명이 터져 나오려는 입을 양손으로 틀어막

고는 발소리가 나지 않도록 살금살금 뒷걸음질 쳤다.

"지난번에도 말씀드렸지만 저로서는 청소와 집안 일만으로도 무척 힘이 들어요."라는 김미래의 마지막 말이 잠시 여름의 뒤를 따라왔다.

여름은 자신의 방으로 돌아와 안에서 문을 잠갔다. 이제 더 이상 김미래의 목소리는 들리지 않았다. 그러나 그 아득한 침묵 속에서 김미래가 했던 말이 계속 이명처럼 마음 안에 소용돌이쳤다.

여름은 자신과 김빛의 일거수일투족이 모두 여솔에게 전해지고 있었다는 사실에 소름이 돋았다. 여솔이 여름을 믿지 못하여 은밀하게 김미래에게 저택에서 벌어지는 일을 낱낱이 보고하도록 했다면 이제 누구를 믿어야할지 여름은 아득한 절망감으로 신음했다.

여름은 저택을 떠날 결심을 했다.

36

 여름은 침대에 누운 채로 눈을 떴다. 바스락거리는 인기척 때문이었다. 은은한 달빛을 등지고 사람이 서 있었다. 김빛이었다.
 여름은 김빛에게 왜 왔느냐고 묻지 않았다. 김빛은 묻지 않은 말에 스스로 대답을 했다.
 "그냥 왔어요."
 그러자 여름이 누운 채로 눈을 비비며 말했다.
 "왜요? 잠이 안와서요?"
 그가 대답했다.
 "그런 것 같아요."
 "그럼 이리와요."
 두 사람은 침대 곁 간이테이블에 마주보며 앉았다.
 김미래는 김빛이 서재에서 나오는 순간부터 그를 감

시했다. 그가 여름의 침실로 향하자 마음속으로 쾌재를 불렀다. 조금 열린 문에 귀를 대고 두 사람이 어떤 이야기를 나누는지 그리고 무슨 짓을 벌이는지 숨을 죽이고 엿들었다. 김빛과 여름의 대화는 그칠 기미가 보이지 않았다. 김미래는 지루하고 몸이 비틀려서 더 이상 견딜 수가 없었다.

김미래는 자신의 방으로 돌아가 곧바로 톡으로 여솔에게 고자질을 했다. 여솔은 숨이 턱에까지 차올라 말까지 더듬거리는 김미래의 톡을 받았다. 김미래는 자신이 보고 들은 그대로 여솔에게 전했다. 과장하지 않아도 그것만으로도 충분히 여솔을 자극하고 미치도록 화나게 할 수 있겠다는 생각이었다.

그러나 김미래의 말을 전해 들은 여솔은 쇠몽둥이로 세차게 머리를 맞은 기분이었다. 그동안 두 사람을 의심했던 자신이 한심스러웠다.

레스토랑에서 그녀와 함께 식사를 하던 존 안드레오티가 여솔에게 물었다.

"무슨 일이죠?"

여솔도 어제 존에게 전화를 했다. 그리고 이렇게 말했던 기억이 났다.

"잠이 안와서요."

김빛이 여름에게 했던 말과 똑 같았지만 그 의미는

달랐다. 존 안드레오티는 곧장 달려왔고 그녀와 밤을 보냈다.

여솔이 존에게 물었다.

"우리 계약 기간이 끝나가죠?"

존 안드레오티는 그녀가 먼저 이야기를 꺼내주기를 기다렸지만 짐짓 모르는 척하며 말했다.

"벌써 그렇게 되었나요? 하지만 그건 아무 의미가 없어. 난 또다시 계약할 생각이었으니까."

"그동안 고마웠어요."

여솔의 말은 진심이었다. '그에게 무슨 잘못이라도 있었던가?' 여솔은 모두가 자신의 탓이라고 생각하기로 했다.

"어린아이처럼 깨끗한 마음이 아니라면 노래를 부를 수 없다는 걸 깨달았어요."

존은 그녀의 말을 알아들었고 고개를 끄덕였다. 존이 깊은 숨을 내쉬었다. 갑자기 그녀를 놓치고 싶지 않다는 마음이 들었다.

"너무 늦었지만, 아직도 늦은 건 아니에요. 내겐 생각할 시간이 필요해. 노래를 부르려면 그래야 할 것 같아요." 여솔이 마지막 말을 남기고 일어났다.

여솔은 다음날 변호사에게 전화를 했고 존 안드레오티와의 계약을 깨끗이 마무리하라고 지시했다.

"어쩌면 영원히 노래를 부를 수 없을지도 모르겠어." 아마도 그럴 것 같았다.

여솔은 여름을 생각했다.

"너무 잘 자랐어."

여솔은 동백꽃을 좋아했다. 어머니가 사랑하시던 꽃이기도 했다. 추운 겨울을 이겨내고 피어난 한 송이 꽃이 바로 동생 여름이었다. 그리고 김빛을 의심한 스스로를 돌아보았다.

37

 어느 듯 날이 밝아 바람이 창문에 볼을 문질렀다. 여름이 김빛에게 말했다.
 "얼마동안 저택을 떠나있어야 할 것 같아요."
 김빛이 의아해서 그녀를 바라보았다.
 "새엄마가 아프시데요. 강릉에 가봐야 해서요."
 김빛은 안정을 찾아가고 있었다. 연주가 훨씬 편안해졌다. 김빛은 여름과의 이별에도 담담했다. 여름으로 인해 인간에 대한 믿음이 부쩍 자라난 탓도 있었다.
 김빛은 왜 그녀가 갑자기 핑계까지 대며 저택을 벗어나려하는 것인지, 불현 듯 떠오른 의문에 대해 망설임 없이 나름의 해석을 만들었다. 새엄마가 아프다는 표면적인 이유 외에도 과거 김빛 자신이 이곳 넓고 편리한 저택을 떠나 여러 가지로 불편하기만한 시골 성당 고택에 머물렀던 것처럼 그녀에게도 겉으로 드러내고 싶지 않은 속사정이 있는 것이라고 짐작했다. 김빛은 여름을 잡지 않았다. 그리고 그녀가 저택을 떠나야 하는 이유도 묻지 않기로 했다.

38

 여름이 떠난 뒤 김미래는 호시탐탐 김빛을 해치울 기회를 엿보았다.
 "미래 씨의 그 위험한 장난감은 어디에 두었어요?"라는 김빛의 물음에도 미래는 대답하지 않았다. 김빛은 김미래가 장난감 권총을 만지다가 오발하여 큰 소란을 일으킨 사건을 기억했다. 바로 그때였다. 미래는 호흡을 멈추었다. 쥐도 새도 모르게 김빛을 해치울 아이디어가 떠올랐다. 기회만 노리고 있던 김미래에게는 적막을 깨는 불꽃이었다.
 김미래는 피스톨을 김빛의 눈에 잘 띄도록 화장실 세면대에 두었다. 김빛은 미래가 장난감 권총이라고 둘러댄 피스톨을 화장실 세면대에서 발견하고는 신기해하며 주머니에 넣었다. 가끔 피스톨을 꺼내어 만지작거렸고 잠을 잘 때에도 침대머리에 두었다. 김빛은 한 가지 물건에 집착하는 성향이 있었다.

　미세먼지가 또다시 기승을 부리는 날이었다. 북한산과 서울의 전경이 희뿌연 공기에 휩싸였다.

　김빛은 매일 혹독하게 스스로를 다그치며 피나게 연습을 하면서도 매조지를 잘했다는 생각이 들지 않았다.

　최근 며칠 간 그는 천상의 소리를 들었다. 밤낮을 가리지 않고 들리는 <라흐마니노프 피아노 협주곡 2번>과 프란츠 리스트의 <초절기교 연습곡>은 완벽했다.

　신경과 정기상담에서 김빛이 의사에게 말했다.

　"누군가가 피아노에 앉아 연주를 했어요. 분명 누군가가 있었어요. 그는 초절기교 연습곡 전곡을 연주하기도 하고, 4번곡 <도깨비불>과 12번곡 <눈보라>만 연주할 때도 있었어요." 김빛은 좀 더 자세히 설명을 했다.

　신경과 의사는 김빛이 말한 그 두 곡이 초절기교 연습곡 가운데서도 난이도가 높은 곡이라는 것을 알고 있었다. 지나치게 완벽을 추구해온 그가 신경증에 시달리고 있는 것이라고 의사는 진단했다.

　"처방한 약은 잘 먹고 있죠?" 의사가 물었다.

　의사의 질문에 대답하지 않은 채 김빛은 딴청을 부

렸다.

"스티븐 호킹이 말했어요, 우주는 저절로 생긴 거라고. 빅뱅이 누군가의 섭리로 시작된 게 아니라는 거죠."

김빛은 의사가 지루해하는 데도 계속 말을 이어나갔다.

"나는 도깨비불에 관해 말하는 겁니다. 우주는 도깨비불의 기운으로 가득해요. 우주가 처음으로 생겨날 때의 이야기입니다. 나는 <초절기교 연습곡 5번 도깨비불>연주에서 그런 신비를 그려내려고 했어요. 하지만 결과는 절망적이었어요."

김빛은 잠시 이야기를 멈추고 숨을 고른 후에 다시 이어나갔다.

"허공에는 지금도 도깨비의 불꽃과 그 불티들이 떠다녀요. 그 낱개의 소리들은 눈에 보이지 않아요. 난 매순간 그것들과 대화를 나누려하지만 너무나 어려워요." 김빛은 꿋꿋이 주장을 펴나갔다.

"우주에 존재하는 낱개의 원소들, 물질을 태동시킨 그 도깨비불의 힘과 신비를 음악으로 그려내고 싶어요. 초절기교의 우주, 빅뱅의 한 점은 어디서 온 걸까요? 빅뱅의 이전에는 무엇이 있었던 거죠?" 그는 열정적으로 말했다.

의사는 어이가 없었지만 내색을 하지 않으려고 애를 썼다. 왜 하고많은 직업 중에 하필 신경과의사라는 직업을 택해서 환자들의 이런 헛소리를 들어주어야 하는지 후회되었다.

"도깨비불을 완전히 해독하지 못한 나는 절대로 완벽한 연주를 할 수가 없을 것 같아요." 김빛이 말했다.

의사는 입으로 웃었지만 눈은 무척 화가 나있었다.

"처방약을 바꾸어보았어요, 지난번 약과 다를 겁니다."

김빛의 신경증은 점점 더 나빠지고 있었다. 의사는 온종일 환자들의 이야기를 듣다보면 자신도 환자가 된 기분이었다.

한참 뒤 어둑어둑 날이 저물 무렵에서야 마지막 환자였던 김빛이 아쉬운 얼굴로 진료실을 나갔다.

도깨비불은 약 138억 년이라는 오랜 세월을 달려서 신경과 의사에게도 도달했다. 의사도 처음에는 의심을 했지만 태초의 빛은 마이크로웨이브로 우주공간의 모든 곳에서 고성능의 전파망원경으로 관측되었다. 김빛도 의사가 알고 있는 바로 그 도깨비불을 말하는 것 같았다. 김빛이 들려주었던 이야기가 의사에게도 새로운 의미로 다가왔다. 김빛은 결국 신이 만든 초절기교의 우주를 음악을 통해 세밀하고 실제적으로 그려내려는 어림없고 무리한 시도를 하고 있었다.

의사는 다음번 김빛이 내원을 하면 좀 더 친절하게 대해주어야겠다고 다짐을 했다. 비단 겨자씨니 도깨비불 때문만은 아니었다. 의사는 김빛의 피아노연주를 좋아했다. 주치의로서 그의 질병을 고쳐야할 의무도 있었다. 김빛은 보이지 않는 것을 보려하며 절대로 들리지 않는 것을 들으려했다. 의사는 그가 평범한 인간이 아니라는 바로 그 점이 그를 병들게 하고 명성을 드높이게도 하며 결국에는 처방마저도 아무 쓸모없게 만들어버리는 단단한 장벽이라는 것을 인식할 수밖에 없었다.

"도깨비불은 인간의 눈에는 보이지 않아." 의사가 혼자 중얼거렸다.

39

 김빛의 신경증은 나날이 심해져갔다. 김빛의 품속에는 장난감처럼 작지만 너무나 치명적인 피스톨이 들어 있었다. 김미래는 직접 손에 피를 묻히지 않고 김빛 스스로 목숨을 끊게 할 계획을 차근차근 실행에 옮겼다.
 해거름 녘이었다. 정원의 잔디가 햇살을 받아 연한 붉은 빛으로 물들었다. 거실의 조명은 아직 켜지지 않은 상태로 어둑어둑했고 실내는 쥐죽은 듯 고요했다.
 피아노에 엎드린 채로 깊은 잠에 빠졌던 김빛은 꿈결에 들려오는 파동에 소스라쳤다. 공기의 대류를 흔들며 다가오는 음향은 그를 자극했다. 영혼을 일깨우는 <초절기교 연습곡 5번, 도깨비불>은 그가 바라던 천상의 소리, 완벽한 바로 그 소리였다.

김빛은 창으로 비쳐드는 어스름 빛을 받으며 피아노 의자에 앉아있는 도깨비의 실루엣을 보았다. 바로 지금껏 김빛이 만나기를 갈망하던 바로 그 도깨비였다.

도우미 김미래도 낮과 밤이 교대를 하는 시간에 실내에 울려 퍼지는 에밀레종소리를 들었다. 한음 한음이 에밀레종의 그것처럼 깊은 울림으로 다가왔다. 아름다운 천상의 선율이었다. 그녀는 조율사 표정이 성공적으로 조율을 마치고서 조율이 잘되었는지 테스트를 하기위해 오늘따라 어디에서도 들을 수 없는 피아노 연주를 들려주는 것이라고 생각했다. 소리를 따라 좀 더 가까이 다가가자 연주자의 등이 보였다. 평소와 다르게 눈이 부시게 흰 셔츠였다.

'웬일일까? 그답지 않아, 조율사 표정이라면 검은 작업복이어야 하는데.'

김미래는 피아노를 연주하는 팔뚝의 근육이 미세하게 움직이는 것을 느낄 수 있을 만큼 바짝 다가갔다.

김미래는 그 자리에 얼어붙은 듯 걸음을 멈추었다. 피아노를 연주하는 이는 조율사 표정이 아니라 김빛이었다. 그의 이마에 송골송골 열린 땀이 건반위로 뚝뚝 떨어지고 있었다.

김미래는 소리 없이 김빛의 곁에 놓여있는 피스톨을 집어 들었다. 그동안 김빛이 스스로 목숨을 끊어주기를 고대했지만 김빛은 여전히 살아있었다. 김미래는 그의 뒤통수를 향해 총을 겨누었다가 자살로 위장하기 위해 총구의 방향을 바꾸어 눈과 귀사이의 움푹 들어간 관자놀이를 겨누었다. 김빛은 절정을 향해 달려가고 있었다. 뒤이어 고막을 찢는 굉음이 빅뱅처럼 저택의 실내에 울려 퍼졌다. 한 점 생명의 에너지, 그의 예술혼도 폭발음과 함께 빠른 속도로 팽창하며 아스라이 무한경계로 퍼져나갔다.

같은 시각 조율사 표정은 무거운 조율가방을 어깨에 짊어지고 피땀으로 얼룩진 채 힘겹게 언덕을 오르고 있었다. 조율사는 이마에 흐른 땀을 소금기 절은 옷소매로 훔치면서도 얼굴에는 한가득 흡족한 미소를 지었다.

우주공간을 배경으로 저만치 저택의 정경이 조율사의 발걸음을 따라 흔들흔들 춤을 추며 서서히 모습을 드러내었다.

저택은 조율사가 약 138억 년 전에 완벽하게 조율을 마친 세계였다.

작품후기

《편안한 일상》은 열일곱 번째 장편소설이며, 글쓰기의 흐름상 새로운 시작인 중간기(中間期)로 접어든 뒤의 네 번째 작품이다.

나의 지난날들은 오직 소설을 쓰는 지금 이 순간을 위한 복무였다. 그 깎아지른 절벽에 매달려 살기위해 마지막 힘을 짜내는 순간, 날이 밝아왔다. 정상이 둥그스름하게 그 모습을 드러낸 것이다. 정상을 눈앞에 두고 희망에 부풀어 내려다본 세상은 미치도록 아름다웠다. 나는 다가올 힘찬 미래를 찬양하는 노래를 목청껏 부르기 시작했다.

《편안한 일상》속 세기적 피아니스트 김빛은 죽을 힘을 다해 사상과 감정을 예술로 표현하고자 한다. 결국 그는 스스로 도깨비가 된다.

매일 아침, 원두를 직접 갈아 우려낸다. 잠시 기다리는 시간에 집필을 시작한다. 간혹 커피 마시는 것을 잊는다. 나는 오전 10시의 몰입과 그로인한 기적을 믿는다. 적어도 그때라면 우주는 모두 나의 것이다.

이야기를 마치면서 나는 소설의 첫머리를 여기에 다

시금 잡아매어 여물게 매듭을 만든다.

'사랑하는 만큼 사는 것이다. 여솔이 누군가를, 그리고 무언가를 사랑하는 동안이라면 그녀가 만나는 인간과 사물은 5월의 꽃으로 피어난다. 그러나 사랑하지 않는다면 무릇 살아있는 모든 것들도 그 의미를 잃고 마른 낙엽이 되어 대지에 굴러다닌다.'

나는 또다시 힘을 내어 창작의 돌다리를 건너기 시작한다. 강물이 디딤돌을 쓰다듬으며 지나간다. 나는 벌써 열일곱 개의 디딤돌을 건너왔고 지나온 디딤돌들은 뒤돌아보지 않기로 한다.

광대한 우주를 만든 빅뱅의 핵은 아주 작은 한 개의 점이었다. 그 한 점을 내 손에 쥐고 있다. 강의 저편 기슭에 닿기까지 아직 아득한 우주의 시공이 남아있다. 더욱이 미지의 세계이다.

빅뱅의 핵이 손안에서 꿈틀거리기 시작했다. 꽉 움켜쥔 마이크로의 점을 무한 공간에 던진다.

편안한 일상 / 이종희

2024년 4월 5일 초판 발행

펴낸이 / 李東롯

펴낸 곳 / 도서출판 레마

주소 / 대구광역시 수성구 만촌동 충의로6길 50

lourdes7881@catholic.or.kr

출판등록(신고) / 제 2014-000028호

ISBN(종이책) / 979-11-87198-37-6 (03810)
정가 16,500원(종이책)